朱成玉◎著

济南出版社

图书在版编目（CIP）数据

你来人间一趟 / 朱成玉著. -- 济南：济南出版社，2025.6. -- ISBN 978-7-5488-7262-7

Ⅰ.I267

中国国家版本馆 CIP 数据核字第 2025YD6494 号

你来人间一趟
NI LAI RENJIAN YI TANG
朱成玉　著

出 版 人　谢金岭
责任编辑　李圣红　陶　静
封面设计　八　牛

出版发行　济南出版社
地　　址　山东省济南市二环南路 1 号（250002）
总 编 室　0531-86131715
印　　刷　济南乾丰云印刷科技有限公司
版　　次　2025 年 6 月第 1 版
印　　次　2025 年 7 月第 1 次印刷
开　　本　148mm×210mm　32 开
印　　张　9
字　　数　158 千字
书　　号　ISBN 978-7-5488-7262-7
定　　价　39.00 元

如有印装质量问题　请与出版社出版部联系调换
电话：0531-86131736

版权所有　盗版必究

目录

第一辑　海棠花的道德

随　遇 / 003

淡　味 / 008

海棠花的道德 / 010

空　碗 / 014

梦见萤火虫的人 / 017

起风了 / 021

木头的耳朵 / 025

叹息的尾音 / 029

三楼的叔同 / 033

雪不会迷路 / 035

月亮药片 / 039

赏心只要三两枝 / 043

第二辑　心有蔷薇，何惧刀剑

一个下午的四分之一 / 049

有　墨 / 053
本该如此 / 056
不懂之刃 / 060
风是树的手指 / 064
陷入尘埃里的光 / 068
有泪轻弹 / 072
心有蔷薇，何惧刀剑 / 076
参　差 / 080
一棵树的复仇 / 083
穿过骨头抚摸你 / 087
白日烟火 / 091

第三辑　灵魂的眼帘之下

漫游者 / 097
最美好的诗 / 102
混为一谈 / 106
节　奏 / 110
我听到了叶子的尖叫 / 114
稳　住 / 118
灵魂的眼帘之下 / 123
我在小镇等你 / 126
守脑如玉 / 130

我坐在你的对面 / 134
乖巧的围拢 / 138
伴行者 / 143

第四辑　在那些美好的事物面前

一朵花，只管开着 / 149
磨盘是故乡的一颗痣 / 153
母亲的感谢 / 156
朴素的暖意 / 161
追　逐 / 166
在那些美好的事物面前 / 169
失意忘形 / 173
千万分之一的疼 / 177
弃子不弃 / 181
视　力 / 185
在风中传递信笺的孩子 / 188

第五辑　在黑暗中出发

心有涟漪 / 195
不请自来的悲伤 / 198
不　语 / 202

悔是人生的补丁 / 207
镜　子 / 211
你来人间一趟 / 215
缝　补 / 219
欠 / 223
敲一敲灵魂的骨头 / 230
用铅笔写的情书 / 233
在黑暗中出发 / 236
沉默的海绵 / 239

第六辑　蜗牛爬在去年的脚印里

飞过宴会厅的麻雀 / 245
一　端 / 249
梦想的尾巴 / 253
鹤离鸡群 / 257
蜗牛爬在去年的脚印里 / 261
一颗心在谷底嗅着花香 / 264
阅　美 / 268
白鸽不会去亲吻乌鸦 / 271
不要在秋风里低下头颅 / 274
什么时候喊疼 / 278

第一辑

海棠花的道德

随 遇

"路过哪里，就爱哪里。"这是一个长辈对我说的，现在，我对女儿也这样说。

路过沧桑的古槐，也路过年轻的樟松；路过笔直的白杨，也路过弯腰的绿柳；路过寺庙和僧侣，也路过广场和歌手；路过晴朗，也路过阴霾；路过伟大，也路过卑微；路过喧嚣的麻雀，也路过独处的鹰……

卖冰糕的老人，摊子越铺越大。此刻，他开着冷藏车穿街走巷，把清凉洒往小镇。一个小乞丐，盯着他的冰糕，吧嗒吧嗒嘴，目光被冻住了。他递给小乞丐一块小小的冰糕——"天太热，解解暑吧。"我惊讶于此。他卖了几十年冰糕，无数次钻进冷藏车，如同北极村的原住民。可是他全身上下，竟然没有一丁点儿僵硬的地方。

路过一个冷清的店面,店员无所事事地倚在门口,看两只流浪猫打架。

路过一个废弃的工厂,保安在深夜里不时地出来巡视,好像在看守那轮月亮。

路过一个火爆的饭馆,厨师在后厨的后门,搓了搓手,蹲在地上,点了一支烟。顺手从兜里掏出一张照片,美滋滋地看,他在遥想不远处的婚礼。

高仓健说:"我认为,默默地拼命走自己道路的人,要比滔滔不绝讲大道理的人优美得多。笑、怒、幸福、不幸,都是在和别人相会中发生的事情。经常遇到各种不同的人,所以生活才不感觉寂寞。我想,人生也就是这样。"

路过千万风景,才有万千气象。

每一次路过向日葵的地边,都要停一停,从葵花那里,给自己补充一点向上之力。只要有一颗向上的心,就不再担心是否在原地打转。

路过一家书屋,一个老伯拄着拐杖推开玻璃门,他寻的书,不是治病偏方,不是养殖科学,而是博尔赫斯的最后一部诗集《密谋》。

路过动物园,围栏里的豹子看似温顺,不再闪现危险的眸光,但若是围栏坏掉,它依然是我们可怕的敌人。

路过祖母的墓地，看到左侧长了一棵樱桃树，结了很多樱桃。有的熟透了，开始掉落。有一颗直接滚落到祖母的坟头。我仿佛看到，祖母张嘴含住了它，吃掉果肉，把核吐往另一边，第二年，墓地的右侧，也长出了一棵樱桃树。

路过草原，看到与众不同的牧羊人，他不停地鞭打着他的羊，提醒着它们——不要只顾低头吃草，偶尔也要抬头看云。其实他忘记了，低头吃草是羊的事，抬头看云，是他的事。各不相扰，方能各得其妙。

你看这满目缤纷，你走那么急干吗？你还要到哪里去？哪里还比得上这眼前的繁华？即便偶尔走错了路也无妨，最起码你看到了别人没有看到的不一样的风景。而让生活美好起来的诀窍，恰恰就在于发现很多小小的喜悦。

迷路的时候，就给街边唱歌的孩子一点掌声和一些小钱，给上坡的人力三轮车助上一臂之力，向陌生人借个火，点上一支烟，聊上几句天，顺便问问下一个路口朝哪儿转。

热了，阔叶作扇；冷了，絮雪当棉。能宽恕的，就去宽恕；不能宽恕的，就去忘记。

《儒林外史》有这样一段——

坐了半日，日色已经西斜，只见两个挑粪桶的，挑了两担空桶，歇在山上。这一个拍那一个肩头道："兄弟，今日的货已经卖完了，我和你到永宁泉吃一壶水，回来再到雨花台看看落照！"杜慎卿笑道："真乃菜佣酒保都有六朝烟水气，一点也不差！"

杜慎卿觉得这是地域文化的影响，就像如今有些所谓的"慢城市"，似乎在这些城市生活的人个个都有闲情逸致。我觉得不是。再"慢"的城市，闲不下来的人肯定还是占多数。而《儒林外史》中的这两位老兄，即使到了北京，也会在送完"外卖"后买杯"珍珠奶茶"犒劳一下自己的。

入乡随俗，为随遇之一种；因地制宜，为随遇之一种；既来之则安之，为随遇之一种；见风使舵之徒为人所不齿，但也可以算得上随遇之一种。据说，当年的神医扁鹊，到周王畿，见周人重视老人，就专治老人病；到赵国，见赵人看重妇人，就做起了妇科医生；到秦国，见秦人重视儿童，就又成了儿科大夫。这亦是随遇的标准案例。

"蓬生麻中，不扶而直；白沙在涅，与之俱黑。"此乃劝诫人要远邪辟而近中正，但从另一个角度来说，亦可算是另一种意义上的"随遇"。

我们看一部电影，或者一部小说，没多久就能轻而易举猜到结局，主人公的命运清晰可判。可是，面对自己的下一刻，为何总是举棋不定，境况不明？我想，"路过哪里，就爱哪里"，这八个字将会给你足够的启悟。路过人间，你看到的盛景将会是——鸟儿展翅，蜗牛爬行，树在结果，花在绽放，人与人在相爱。

淡 味

妻子在画一幅春天的图景，我让她把色彩调得淡一点儿，她说，春花如此烂漫，怎么能淡得下去？我说，真正的绚烂其实是隐藏在平淡里的。妻子似乎领会了我的建议，画了一条河，河水很清很淡，但河面上倒映着树上的点点花红，那欲盖弥彰的绚烂，竟如此热烈。

淡一点，更能接近童年，接近故乡的味道，接近父母的额头，接近老屋的砖瓦，接近你来到这个世界之后流下的第一滴泪水。

苏轼曾看着山间一个亭子，想去歇息，爬累了，尚未到，懊恼。忽然想，此时此地，有啥不好歇的呢？忽然就感觉得到了自由。

他中年时期在京城有个习惯，早起，梳头，穿好衣服之后再小睡片刻。他说这种小睡滋味之美，无可比拟。

他善得世上一切乐趣。放松了，便开心了。何必非要奔赴远方的亭子？此时此地，浓淡相宜。

浓淡相宜，远近心安。人生哪来的那么多热烈，更多的是平淡如常。生命如一杯水，清清淡淡。人生是一幕冗长的戏，若用写实的手法拍摄，并无特别的恩与怨，所有的浪漫，都将归于平凡。

有人质疑茶艺，不就一口茶的事吗？真的有必要那么讲究和烦琐吗？其实当你坐下来，细细感受那些茶的变化，空气里弥散的茶香，你就会慢慢懂得，你品的不仅仅是茶，还是时间，还是淡味。时间被我们以这种方式具象化，淡味亦被我们勾勒出不同的形状来。

妻子在厨房里摸索出一个道理。她说炒菜的时候，盐若是放多了，只剩下咸味儿，所有的美味便都消失殆尽。反之，在淡味里，你却可以尝试很多种调配方式，甚至可以让简单的清水白菜，都能编织出一个气象万千的味觉江湖来。

山珍海味的确可以满足你味蕾上的贪欲，但真正让一个人保持健康的，反而是粗茶淡饭。这个时候才懂得，原来淡味里面，真的可以藏着万千滋味，比如慈悲，还有钝感力和欢喜心。

海棠花的道德

因为疫情而停摆的城市，车流、人群都停下来了，这种暂停也可以看作是一种休整。在缓慢的节奏里，阳光白云有了歇脚的地方，花草树木有了不一样的光色，人类终于知道给其他物种让让道儿。这时候才理解了毕淑敏所说的"慢"——凡是自然的东西，都是缓慢的：太阳一点点升起，一点点落下；花一朵朵开，一瓣瓣落下；稻谷成熟；都慢得很啊。那些急骤发生的自然变化多是灾难：比如火山喷发，比如飓风和暴雨，比如山崩地裂和海啸……身体也是慢的：一个孩子要长大，是很慢的；一个人睡觉，也是很慢的，要很久很久，从日落到日出，人才能休息过来。

花朵在风中练习飞翔，孩子们在树下练习思考，恋人们在春天练习接吻,诗人们在早晨收集露水,要给失明的心,完成一次重见天日的洗礼。阳光洒在伤痕累累的人间,哪怕它是过期的药水,也总会有一些止疼的功效。

我看到蜘蛛网上有很多飞虫,就想,蜘蛛吃得过来吗?它会不会也经常请客,把其他蜘蛛邀过来,一起喝两杯呢?显然没有这样的盛况。我想它们活着,似乎"饱腹"已不是首要任务,一张蛛网的完美与否,才是关键所在。我却热衷于捣毁它们,每次看到有蛛网,就毫不留情地捅掉。可是,第二天早上,依然会有很多网,在不同的地方再次张开。其实不见得有很多蜘蛛,保不齐就这么一只,硕大的它不知哪里来的惊人的能量,一而再,再而三地织着生命的网。有一次,我看见那上面空空如也,一只飞虫都没有,只挂着几滴雨珠,忽然就有些心疼起它了,虽然它样子丑陋,甚至可怕,但它的这种精神却着实让人感动——认认真真地结网,是它的道德。

蚂蚁爬过草尖儿;蚕宝蠕动在桑叶上;一只蟋蟀,住进寺里;一只野猫,每天在寺门口溜达。不论是蟋蟀的鸣唱,还是野猫的鸣叫,里面都有一股梵音的味道。一只麋鹿在河边饮水,然后把水溅到身上,洗着满身的梅花……这都是旺盛而持久的生命力。天地从容,人,也该从容。

二月没有30天,一年没有第五季,撕下的日子没办法再粘回去。一个个日子有点酸，放点儿糖，熬一熬，串起来，就是糖葫芦。

昨天如云烟飘散，今天似流水在淌，明天是永远的岸，一个又一个明天，看似无边，终会抵达。

一个人，既要头上的空气，也需地上的粮食。地球老了，依然转个不停。活在这个衰老的星球上，爱着简单的五谷杂粮，爱着天空的湛蓝，爱着大地的黝黑，爱着牛羊，以及从不落于牛羊身上的一根鞭子。爱着尘埃，并告诉自己，如果低于尘埃，那就归入大海。

从容，即是万物的道德。

一个贩鱼的人，面对买家的一再砍价，只微微笑着，他带来大海的气味，也带来了大海的辽阔。

一个画家对英国当代最伟大的画家弗洛伊德说："你是一个了不起的画家，但是你不会构图。"弗洛伊德说："我以前就对这种说法感到非常满意，我当时想，'噢！太棒了'，因为我觉得，我把对象描绘成笨拙的效果，就是真实生活所看到的笨拙。"

在一家烧烤店门前，一个笼子里，一只白色鸽子不停地梳理着自己的羽毛，它不知道自己濒临死亡，即将成为炭火上被烤炙的吃食，它只是不能容忍自己的羽毛脏乱，这是一只鸽子的道德。

花可以萎谢，但从不褪色，这是一朵花的道德。

带路的人，迷失在路上。他并没有随意指给我们某条路，而是在原地徘徊不前。这是带路者的道德。他老了，记忆常常短路，但良心没有迷路。

"一株海棠的道德，就是顺应季节长出叶子，开出花来。"（代薇语）这便是顺其自然的美感。鱼在水里，我在风中，自在随心。棋子碎了，棋局是不是结束了呢？不是的，只要棋盘还在，一切皆可为棋子。那就砸了那棋盘，让这天地，再无棋局，再没有钩心斗角、蝇营狗苟，再没有算计和陷阱，只有顺其自然的行走，只有水到渠成的奔赴。

空 碗

像一只空碗那样安静。这样的安静是充满禅意的,像油画里的静物,没有声息,却又似乎有声息传来。

我看到的油画,不是静物,是一个鲜活的人。

深秋的早晨,路边摊上,一碗碗热腾腾的馄饨,飘着香味。一张张刚刚烙好的饼,被切成大小相等的几块,堆放在一个洁白的瓷盘里,同样冒着腾腾的热气。几个农民工模样的人,边吃边夸赞着馄饨味美,并高喊着"再来一碗"。

几只空碗,并不为此焦急,再一次下锅的馄饨尚在煮制中,几碟咸菜正在切碎、搅拌的过程里。

他就那么坐着,看着这些忙碌的身影,像面前的一只空碗那样,安静地闪着光亮。

深秋的早晨，万物都蒙着一层霜，看起来亮晶晶的，像镀着一层光。

他如此慵懒，连香烟的灰烬都懒得弹落。他不急，他对馄饨铺老板说，先紧着别人来，自己多坐一会儿，反正没有啥着急的事情。

馄饨铺老板的小女儿也来帮忙了，尽管只有十来岁，却里里外外地忙活着，像一头不知疲倦的小马驹，熟练又麻利。她还时不时地"训斥"一下老爸，叫他别抽烟，小心烟灰儿掉锅里，转过头来对顾客却瞬间变脸，笑意盈盈。

这人间的光亮啊，就是如此这般层层叠叠堆积而来的。

他想，在这个微凉的早晨，吃着一碗热气腾腾的馄饨是幸福，而在空碗面前的等待，也是一种幸福。

那一刻，你能说，那个空碗是空的吗？

诗人刘川在他的笔记里写过一件很有趣的事情，他说某诗人醉了，对着一只空酒瓶唱了好几首歌，然后盖上盖子从青海寄给他。他偶尔打开盖子听听，什么都没有。但是，又不能说什么都没有。一打开瓶子，他眼前就浮现出大醉的诗人对着瓶子唱歌的搞怪、有趣、可爱的场景。那一刻，他觉得瓶子不再是空的。

有一次带女儿去青岛游玩，走在滨海大道，闻着大海的气息。女儿把矿泉水喝掉，然后向空中举着她的空瓶子，不一会儿就抓紧盖上盖子。问其缘由，她说她要把青岛的气味装回家去。原来如此！那么此刻，这瓶子就不再是空的，那里面装着一颗纯真的、还未长大的心。

　　妻子每日里一个举动很是令我不解——一个空的花瓶，她却坚持每日换水。妻子解释说："花瓶里养过你送的花，花的魂魄还在那儿住着。"

梦见萤火虫的人

穷人总是梦见金子，孩子总是梦见萤火虫。梦见萤火虫的人，早上起来，身上就多了一点光。

但愿我们都能像孩子一样梦见萤火虫。那样，即便我发着最微弱的光亮，也会有飞蛾，靠近我取暖。

幸运的是，我梦见过萤火虫，在我已不是孩子的年龄。在一片漆黑的夜里，它们结伴出现，在前面引领我，似某种神谕。那一盏盏幽兰的小灯笼，浮游在暗夜里，如梦如幻，在催眠，也在唤醒。

梦见一次萤火虫，我就深信自己心上种了一根小蜡烛。没有人能够盗走我内心深处的小小蜡烛，那里没有大风，唯一熄灭的方式，便是我生命的终止。我以血肉为焰，供养它。有它在，多黑的夜都不再可怕，看得清陷阱，分得出禁区，虽然走得慢一些，但无比稳妥，足够我一生的消耗。

读过这样一个故事。一次婚宴上，一位中年男士认出了他中学的老师，于是上前恭敬地说："老师，您好！您还认得我吗？"老师却连连说着对不起，实在记不起来。学生就让老师再想想，说他就是当年在课堂上偷同学手表的那个学生。老师还是摇了摇头，说真的认不出你了。学生再一次帮着老师回忆说："当时您叫全班同学都用手帕蒙上眼睛，面向墙壁站着，然后您一个个搜查我们的口袋。当您从我口袋里搜出手表时，我想我一定会受到您的严厉训斥，并予以严肃处理，从此以后我在班里是抬不起头来了，这将给我的人生留下不可磨灭的耻辱和创伤……但是事情并没有如我想象的那样，您把手表归还给失主后，就叫我们坐回原来的座位上继续上课。一直到我毕业离开学校那一天，偷手表的事从来没有被提起过。老师，现在您应该记起我了吧。"老师这时才点了点头，微微一笑，说道："这个事情我是记得的，但是你我却不记得。为了同学之间能保持良好关系，为了不影响我对班上同学的印象，当时我也是蒙上自己眼睛来搜查学生的口袋的啊。"学生听完，眼泪夺眶而出……

我相信，这位老师在蒙上眼睛那一刻的黑暗里，把孩子的尊严留在了光明里。还可以这样说，老师在那一刻的黑暗里，孵出了一只萤火虫。

读到美国诗人安格尔的一句诗，心里莫名感动："我不能移山，但能照亮。""我不能移山"，我把它理解为诗人的无力感。但是，他从未丧失信心。"但能照亮"，与钱锺书曾向杨绛表白的"志气不大，只想贡献一生，做做学问"异曲同工，都是似谦实傲，都是志气很大。

读王佐良先生的文学评论，就经常被"照亮"。他是这样自我要求的："在写法上我越来越倾向于写得短些，实在些，多样些，如果做不到，也要新鲜些。好的文学作品应该是能使人耳目清明的，论述文学的文章也应照亮作品，而不是布下更多的蜘蛛网。"从事文学评论的人不知有多少，而真正能"照亮"作品的人却寥寥无几，更多的人是在"布下更多的蜘蛛网"，散发让读者越发看不清的迷雾，甚至是设下陷阱，把读者带到沟里去。推而广之，各行各业似乎都是如此。自己是个明白人，同时也能照亮别人，让别人少走弯路，多好！可惜这样的人太少。或者是自己本来就糊涂，当然也就不能期望他能照亮别人；或者是，确实是行家，但不想照亮别人，只想自己闷头发大财。

所以，"照亮"不仅需要才能，更需要善良。富兰克林说:"小小的蜡烛能把光明投射得很远,浊世之中的善行像烛光一样闪耀不熄。"人的能力有大小,散发的光芒有强弱,弱如萤火虫,强如日月星辰,只要是善行,就可以"照亮"。

习惯自省的人,总会发现灵魂里缺少一个英雄,这个英雄,不一定要踏着祥云而来,也不一定有拔山之力,但一定是充满光芒的,因为角落里的猥琐、卑鄙,那些化身为蛆虫的阴谋者,都惧怕这火一样的光芒。

我们的灵魂中需要一个英雄,把内心休眠的火山一次次唤醒。而此刻,夜再一次开始慢慢涂黑所有山河。你是否,该唤醒你灵魂中的英雄了?

去梦一次萤火虫吧。或者说,去梦里孵出一只萤火虫吧。小小萤火虫,有自己的光芒。我去捉它,并非要将它据为己有,只是想被它——照亮。

起风了

"起风了,唯有努力生存。"宫崎骏通过他的动漫告诉我们,敬畏风,但不必惧怕,只要在尘世扎下深深的根,再大的风,也吹不跑你。

风,时而助纣为虐,让失去控制的火更加猖獗,让决堤的水更加汹涌;风,时而锦上添花,吹来一朵云,降下一场雨,吹开一团雾,洗出明净天。

命运的风,摇摆不定,运气好的时候,我们顺风而行,运气差的时候,我们逆风跋涉。其实不管它如何吹拂,只要我们调整好自己的步点,并在内心为它配上乐音,那么,我们何时何地,看上去都像在跳舞。

有时候,人之所以喜欢爬往山顶,就是想听山顶的风声。那是纯粹的风声,不带一点杂质。高于尘世,低于银河,那是独属于风的地界。

你发现了吗?风能吹乱人的头发,也能吹跑落于上面的尘屑。风能把炊烟吹得东倒西歪,也能把日子扶得稳稳当当。

风再大,海也不会减少一颗盐粒儿。

眼前刮过的风,替我拨开了往事的雾。我抬头看了看天,就看到了十八年前的自己,和你。

乍见你,骨瘦如刀;细品,丰满无缺。这是从肉体到灵魂的进阶之程。

那时,我们一起做着诗人的梦。和你比起来,我幼稚得很,你更像一个成名已久的诗人,气质足可以假乱真。

那天,你在山顶朗诵你刚写的诗歌,时而低沉,时而激昂。起风了,吹着你的长发,杜甫一般,把忧郁的魂魄嵌入山河。

我忍不住为你鼓掌,却也没能忍住打了一个嗝。在风的护送下,它们同时在山谷里回响。

你轻灵得无以复加,不是风,而是在风里飞,却感觉不到在风里。你看得见风的褶皱,并试图将它抻开、抚平。

我愿意叫你风之子,世间万物,唯有风配得上你。你散乱于风中的长发,单薄的衣衫,以及你写于风中的诗歌，无不令我心仪。

你纤纤手上有无尽春风，荡尽我心底的尘垢，原来，那些忧伤的沉淀物，是可以吹走的啊。

春风一吹，头发都在开心。

而秋风，会把高处的事物雕刻得更为严峻。

生命的冬天已然来了，再也没有办法遮掩，那就索性去面对吧，戴好帽子，系好扣子，北风再冷，也终将无功而返，吹不凉你执拗的铁骨。

这人间，有多少柔风，便有多少恶风。就像有多少爱你的人，就有多少恨你的人。

无论怎样顺畅的人生，都免不了恶风的袭扰。这阵恶风的目的很明显，先是吹漏了西墙，然后吹倒东墙，让人们用东墙去补西墙。

一场恶风实在算不得什么，不久之后，生活便又会恢复它原有的秩序。"风大时，要表现逆的风骨；风小时，要表现顺的悠然。"（刘墉语）

我在想，如果没有风，生命将何其黑暗。

一朵花和一只蝴蝶，抱得很紧吗？试试让风去吹拂。

那些做了一冬天梦的动物们，还在沉睡吗？试试一阵风吧，只要一阵风，就够了。

生活就是这样，狂风暴雨时要严阵以待，微波荡漾时也不可掉以轻心。生活，暗潮涌动，由不得我们不谨小慎微，如履薄冰。

一阵风，感受到了一朵花微弱的抵抗，细小的呻吟。就像此刻的我，吹着你的风，内心的小铃铛响个不停。

但这已足够，它们足以构成命运的图腾。

木头的耳朵

木耳，我愿意叫它木头的耳朵。湿淋淋的耳朵趴在湿漉漉的木头上，倾听着这个世界的欢喜悲忧。然后，这些小耳朵们被采摘，被拿到市场上去贩卖。

刚买回来的木耳是干的。黑色的，外面有点灰色，像蒙着一层灰。看上去，它们有的像蝙蝠，有的像一把小刀，有的像伤口上揭下来的疤，千奇百怪。闻，有一种白醋的味道。摸起来是硬的，很容易断，上面还有好多皱纹，像老人的脸。把干木耳放入水中，木耳的颜色由灰变黑。它浮在水面上，表面布满了气泡。气泡消失后，它们就沉了下去，越涨越大，慢慢就变成了光滑的耳朵。一口下去，脆脆的，发出"吱"的声音，不容易嚼烂，但好吃。每吃一块，就像肠子被洗了一遍似的，是舒爽的。

肚子里吃进去那么多耳朵,那是不是会听到更多的声音呢?赞美、诅咒或者谗言,我不知道,反正那会儿我听到了来自童年的声音。

小时候,一点男子汉气概都没有,遇到一点点小事就退缩,特别喜欢哭鼻子。我有一个发小,叫侯斌,是唯一的"死党",每天一起上学一起放学,因为姓氏的缘故,我总管他叫大师兄,他则管我叫二师弟。一个猪一个猴嘛,他胆子大,谁若是欺负我,总会替我出头,还真有个大师兄的样子。虽说自己胆子小,但总懂得投桃报李吧。这不,有一天我们没一起去上学,他迟到了,老师问他迟到的原因,他支支吾吾了半天,说家里老妈病了,他去给买药,结果就迟到了。老师狐疑地问:"真的?"他点点头。为了证实自己所言非虚,他大声说:"二师弟可以为我做证。"同学们一阵哄堂大笑。老师自然知道他所说的二师弟就是我,就诙谐地问我:"二师弟,大师兄所言是否属实?"

作为可以两肋插刀的哥们,自然责无旁贷。我学着老师的腔调答曰:"大师兄所言非虚,如假包换。"

"换什么换,给我去墙角站着去!"老师秒变脸,忽然就发了飙!

原来,大师兄又馋又贪玩儿,有户人家的杏树上结了很多杏子，这小子眼馋很久了，看到人家的门上了锁，终于逮到机会，猴子般蹿上树，专挑大的，吃了个够。这还不算，把书包也装了个满满当当。就这样迟到了。碰巧老师骑车路过，瞥见了树上的这只馋猫。老师训斥着大师兄，吃了的也就吃了，书包里这些杏子必须给人家还回去，而且要真诚地道歉。大师兄捣蒜般点头，并心虚地看了我一眼。

我真为自己不值，帮他撒谎，被老师罚站了一节课，放学了也没让回家，父亲去学校接我的时候，看到我在那里哭得"梨花带雨"，好不令人厌恶。父亲唯唯诺诺地和老师说了很多好听的话，并保证回家一定好好管教我。一颗心悬了一整天，不知道父亲会如何管教我。意外的是，平时一向严厉的父亲这一次却没有训斥我，而是让我和他一起去后园收木耳，也没有提及学校里的事情。

父亲让我看那些木头上的木耳，他说："看吧，这些木头都长了耳朵。它们听得见我们说的每一句话，而且，你说没说谎，它们也听得出来的。"

"真的吗？"我简直不敢相信。

父亲接着说："你还别不信，它们喜欢听真话，也喜欢看到人的笑脸，所以，你最好别当着它们的面说谎。"

父亲说他打从祖父那里继承种植木耳这门手艺起，祖父就一直告诉他,不能当着木头的面说谎和哭泣,不然那木头就不会把耳朵支棱出来。

年少的父亲信以为真,年少的我也信以为真。后来慢慢长大,终于知道这是玩笑话,但我却宁愿相信这是真的,因为这听上去真的很美好。父亲是想让我通过木头的耳朵,知道一个男孩子最该具备的品质是诚实和勇敢。所以,我的记忆里总会浮现出那样的画面——父亲神秘地对我说:"你对着这根木头笑,过几天那木头就会长出很多耳朵来。不信你试试看!"我竟真的趴在那里,对着那根木头傻乎乎地笑啊笑,笑得眼泪都出来了。然后每一天,我都会去看它,令我感到惊奇的是,那木头上真的有一朵朵的小耳朵冒出来,并且在以后的日子里,一天天肥壮起来。我感觉到世间的美妙,很长一段时间,我都坚信,那就是我的笑声,通过木耳的形状,绽放出来。

叹息的尾音

老区政府院里的房子拆了,改成停车场,一棵老槐树孤零零地不合时宜地站着,树枝上挂着几只灰突突的麻雀,好像挂着叹息。

我把纯洁的百合插到了不干净的瓶中,再看那百合,似有一种幽怨的叹息。

我的眼前经常出现的一幕,是童年的一个冬天,母亲抱着生病的我,走在大月亮地里。因为没有从亲戚那里借到一分钱,母亲发出轻叹,轻轻掸去眼角的泪,不让它落到我的脸上。那微弱的叹息的尾音,在我稚小的心灵上,拉扯出一根琴弦。

人们喜欢小丑的表演,乐得前仰后合。人们喜欢的不过是小丑的面具,以及滑稽的动作,似乎他越倒霉,人们笑得越是放肆。没有人知道，面具背后，有着一双悲怆的脸。他收起悲戚之色，咽下叹息，用谐谑告诉我们——身处困顿之中的人，虽然对生活失望，但也要怀有期待，就像每天的生活，虽然无聊却又总是向前。芸芸众生，哪个不像蚂蚁，虽然卑微，却依然昂首挺胸地上路了。把恨交给江河，把爱委托给玫瑰，把愿望托付给流星。不论人生进阶到何种境况，都会继续给亲人磕头，对君子抱拳。

别人在生病时，都学会了咳痰，而我却学会了如何忍住咳嗽和叹息。可是那痒和疼，像一只蚕，昼夜不停地撕咬着人间最后一片桑叶。

不敢让爱我的人跟着担心，所以，我要小心翼翼地疼痛。

岁月走得太快，快过人间每一位母亲的针线、父亲的铁锤。人过中年才终于明白，人生最美的东西都在背后。往后倒一小步，就可以扔掉拐杖和老花镜。再倒一小步，还抱得动小孙子。再倒一小步，就能避免高血压、糖尿病。再倒一小步，就可以继续写激昂的字。再倒一小步，青春就扑面重来，酒、诗篇和爱情，一一都回来啦……

此刻，不再有别的奢念，只想做一个身无疾患之人，任由杂草丛生。不再计算自己的余生，能吃一整个苹果，血糖平稳，不用再看再听爱着的人们的脸色和叹息。

缭绕的烟圈是一支雪茄的叹息，抖颤的灰烬是一片纸的叹息；

蛀虫是一枚果的叹息，落瓣是一朵花的叹息；

晚霞是白日的叹息，流星是夜晚的叹息；

硫黄的味道是烟花的叹息，漫天的蝗虫是庄稼的叹息；

江郎尽处是才子的叹息，朱颜辞镜是佳人的叹息……

小路是大路的叹息，但正因为无数条小路的不断探寻、纠错，才成就了最后笔直、宽阔而平坦的大路。

美人倚过的栏杆，停过蝴蝶，也停过叹息。

当那棵树上鸟巢里的蛋被掏光了，我听到了那棵树悲凉的叹息。

白云的担架上，担着蓝，仿佛担着虚无和叹息。

甘甜的蜜桃，你只尝到那蜜一般的汁液，可否听到那苦涩的桃核里的小小的叹息？

一些落叶，还不够金黄，所以被时间的银行拒收。只能飘散在小一点的储蓄所门前，腐烂在自动取款机边。你是否听到落叶的叹息？

风，呼啸而至，所到之处，一片狼藉，倒的倒，歪的歪。人间许诺给我们的安宁，此刻，要通过大风之手夺回去。

稻子们被吹倒，但叹息来自于农人，他们在收割的时候，又多了一道程序——先要把它们扶起来，用锃亮的镰刀，托着它们的腰身，把它们搂在怀里。像刚出生的婴儿扑进母亲的怀里，而后，被麻利地割掉脐带。

　　生活落下的灰，会蒙住你搜寻幸福的双眼，但别忘了你感知幸福的方式，不仅仅是靠眼睛，还有触觉、味觉、嗅觉、听觉，甚至是第六感。所以，叹息之余，要向一粒米学习颗粒归仓的集体精神；向一滴水学习滴水藏海的深邃；向一件棉袄学习负日之暄的小得即满；向草木学习内敛与谦卑；向布鞋学习走路；向一首歌谣学习亘古不变的规则——天留下日月，地留下人，人留下子孙，佛留下经，草留下根……

三楼的叔同

弘一法师曾经给自己取了一个名字，叫"二一老人"，取自古人的两句诗，一句是"一事无成人渐老"，另一句是"一钱不值何消说"。谦逊之至，令人感佩。

半生红尘，半身佛陀。弘一法师的一生，有起有落，有悲有喜，一场修行，终使他身为菩提，魂成舍利。

他崇尚"顺其自然"，认为那是人生的一种睿智。顺其自然，可以让我们随时随地摆脱金钱、权势、成败等一切羁绊，尽情地享受生命中的每一寸阳光。不辜负已经拥有的，一切随缘，不以物喜，不以己悲。

反观现实中人，有多少是在本末倒置地活着，主题不明，主次不分，写出一篇篇不及格的作文。

丰子恺十分喜欢吃螃蟹，晚年装了假牙之后，蟹钳咬不动，还要女儿替他咬开。女儿好奇地问他："为什么那么喜欢吃蟹？煮蟹的时候不是很残忍的吗？"丰子恺点点头，承认是那么回事，却回答说："口腹之欲，无可奈何啊！"接着又补说一句："单凭这一点，我就和弘一大师有天壤之别了。所以他能爬上三楼，而我只能待在二楼向三楼望望。"我们都知道，丰子恺先生曾把人生比作三层楼，只有物质生活的人住一楼，有精神生活的则住二楼，只有极少数有灵魂生活的贤者才住三楼。

人们习惯在别人的生活里指指点点，却很少在自己的日子里自我反思。我们不仅要过好的一天，还要过精彩的一天。一天中的好，可以是顺其自然的舒适之感，比如睡到自然醒，也可以是物质层面的丰富，比如享用了一餐美食，购得几件心仪之物。而一天中的精彩，是精神层面的，并带有某种让灵魂喜悦的细节，比如写了一首满意的诗，比如向一个求助的人伸出手。

生命讲究长度、宽度和深度。其实立体来看，也可以看作是三层楼。一楼的人重物质，关注生命的短长；二楼的人重精神，关注生命的芬芳；三楼的人重灵魂，关注生命的辉光。

二楼子恺不寻常，三楼叔同更难求。

雪不会迷路

第一场雪总是不一样的。因为它要覆盖原本的一切,它是用来牺牲的。为后面的雪探明前路,它要被越来越厚的雪埋在最下面。当然,它并不为此哀伤,因为它与大地贴得最近。

不管是第一场雪还是最后一场雪,它们都指向分明,目的明确。它们从来都不是稀里糊涂地在下,在我心里,雪是上天派来救赎的。雪不会迷路,因为它怀揣着普度众生的重任,它要落到贫瘠之地,给人以慰藉;它要落到繁华之所,给人以警醒。

它落向丰收后的土地,替稻草人再添一件衣裳。稻草人无心,不知冷暖,雪却看得出它的寒冷,并坚信,冷漠,一直都比绝望者还要苍白。

它落向战火纷飞之地,试图给仇恨降降温。黎巴嫩电影《何以为家》中,小男孩说:"我要控告我的父母,因为他们生下了我。"这是叩击人心的一句。每个人都在感念父母的生育之恩、养育之德,而他竟然要控告他的父母,就是因为他们生下他却无法为他提供保护和安全感。难民是战争的产物,这些游走在社会最底层的支离破碎的人,正置身于水深火热的境地,民不聊生、生灵涂炭、衣不蔽体、食不果腹……如果说饕餮是可怕的兽,那么,贫穷比它可怕千倍。

雪,会把冬天的骨头指给我们看。冬天的骨头,是一只麻雀在难得的没有被雪覆盖之处,觅到几粒粮食,衔在嘴里去给另一只雀儿吃;是茫茫大雪中,山路上那个唯一在奔跑的人;是那个在雪野里不舍得抬脚,怕踩疼了雪的孩子;是养老院里,那个生命所剩无几,却依然每天把行李叠成"豆腐块"的老人……史铁生在冬天里,常常是伴着火炉和书,一遍遍坚定不死的决心,写一些并不发出的信——他亦是那冬天的骨头。

我在冬天呼喊,在苍茫的天地间呼喊,真的就喊回了一些事物,包括我生命中那些心心念念的人,他们的最后,也都成了我的雪。作为一粒药的时候,他们是单一的几朵雪花在飘;作为记忆中的片段,他们就纷纷扬扬,下个不停。

浪漫主义的雪，落向现实主义的大地。帮我破解冬天的秘密——为何有的鸟飞走，有的鸟留下来？为何一个人眼里的璀璨，到另一个人眼里，就变成了飘零？为何你眼里的繁华，就成了别人眼里的淡然？为何说没有亲吻过的嘴唇，就无法说出甜蜜的话语？为何说没有美酒的草原，就无法呈现出彪悍和辽阔？为何说没有眼泪润过的眼睛，就无法看见流星和彩虹？为何说没有捧过雪花的掌心，就无法感受到纯粹和美好？……

新的雪，落在旧的雪上，它们前赴后继地，要捂住一些上天的旨意。

一场雪拥抱另一场雪，可是同时，一场雪也在粉碎着另一场雪。十二月的大雪，这辽阔无比的棉花糖，会不会给土地一点儿甜头？

雪落向人间，雪永远不会迷路。哪怕有风诱惑，它也只是偶尔动摇，最后依然会落向指定的地点，给予我们某种点醒——有人罪恶多端，把牢底坐穿；有人为了寻一点果腹之物，把垃圾箱一翻再翻；有人白日里义正词严，夜色中虚与委蛇；有人热衷于上锁，有人醉心于撬门……

一个人站在窗前看了一夜雪，谁也没告诉，这是诗；一个人站在窗前看了一夜雪，只告诉了一个人，这是爱。

一场雪，让人间愿赌服输——满世界都被招降了，到处弥漫着白色的悲伤。"只有雪，才能喊醒死去的河流。我匆忙跪下，恳求这个冬天，一场雪，能帮我喊回，那些远离故乡的人。"（王单单语）如果可以，我也想喊一回，哪怕声音沙哑，喊破喉咙，喊来一场雪，喊回那些远去的亲人。雪不会迷路，落向缥缈的人间，亲人们也不会迷路，落进我最深的梦里。

月亮药片

朋友哽咽着，苦难像卡在喉咙里的鱼刺，咽不下去，吐不出来。他的女儿五岁那年患了血液病，几年里不间断地救治，本来病情挺稳定的，忽然间抗体消失，情况十分不妙。孩子像个易碎品一般困在家里，不能上学，不能户外运动，没有伙伴，不停地吃药、骨穿、输血……她的世界充斥着消毒水的味道，本该多姿多彩的年华，却变得雾霭沉沉。

这一次，医生告知女儿病情已到重Ⅱ级，没有人知道她还能活多久。朋友想去北京再试试看，昂贵的手术费迫使他向我们开口借钱。他说："白天，女儿趴在窗台上，看窗外奔跑玩耍的孩子；晚上，趴在窗台上，看月亮。你不知道，我这心就像被刀割了一样，她还是个花骨朵啊，不该就这么碎了！"

我想象着那可怜的孩子，用沉默喂养着她的孤独。白天，任其长成狮子、大象；夜晚，任其长成高大的松柏，她就爬到上面，听风、赏月、够星星。我想，孩子在看月亮的时候，一定渴望着被月亮治愈吧。

朋友沧桑了许多，再无曾经的意气风发，孩子的病抽走了他心头所有的火苗。我轻拍着他的肩膀，但愿可以掸去他一星半点儿的苦痛和忧烦。

事实上，破碎的事情每天都在发生，人世间的每个生命都生死未卜。比如刚刚听到的一段悲伤的叙事：一个老太太有三个儿子，外出谋生十余年，杳无音信。老太太把所有的力气都耗尽，也没等到儿子们的归来。她吃的最后一顿饭，是一碗有些发霉的剩饭，就着一碗土豆汤。那是邻居阿婶帮她做的，因为她的胳膊已经拿不动锅铲了。那个午后，她蹒跚着走向埋着自己丈夫的坟地，用最后的力气，拧开一瓶农药，喝了下去。

我不语，但内心悲情的火山随时都可能喷发，所以，我把它写到这里。并且用我的文字去邀请月亮，替那个可怜的老人盖一层薄薄的轻纱吧。

另一个朋友和我说起他得了阿尔茨海默病的父亲。他说父亲以前很健谈，哪怕是和一个陌生人，只要打开话匣子,就滔滔不绝。可是现在,父亲更多的是沉默,不是他不想说,实在是想不起来该说些什么。生命一下子就被掏空了一般,记忆里空空如也,寸草不生。当然,父亲偶尔也会"灵光乍现",那些本以为枯萎了的记忆中的人和事,统统复活了,发芽的发芽,开花的开花,在他的嘴唇上冒出来,想捂都捂不住。谁家的牛最能干,谁家的马活得时间最长,谁家偷了谁家的鸡鸭鹅……可是更多的时候,父亲安静地坐在那里,不发一言,一会儿用左手数着右手手指,一会儿用右手数着左手手指,像一个等着老师表扬的孩子,又像一个在舞台上忘了词的小丑,在命运面前手足无措。朋友说,幸运的是,父亲临终前认出了他,用尽最后的气力握着他的手,留下一滴浑浊的泪。那是父亲盖在这尘世的,最后一枚与亲人相认的印章。

我想,自从得了阿尔茨海默病,孤独,便以最残酷的刑罚烙上了他的身体,始终无法去除,除了死亡。不,死亡也不例外。你看,那墓地上长出的树,是孤零零的一棵。花,是伶仃的一朵。绕着它飞的蝴蝶,也仅此一只。好在月亮出来了,它照着那座孤独的坟,那些孤单的树啊、花啊,把它们变成两座、两棵、两朵。

我想起自己结婚后那段最苦的日子,孩子发烧了,我们却连最便宜的退烧药都买不起,就抱着她,一夜不睡。

那一夜，我和妻子只做了一件事——不停地用凉毛巾为孩子擦拭心口、手心和脚心，和她一起看月亮。那天的月亮很大很圆，我却只能看成是一粒巨大的药片。

那一夜之后，孩子体温恢复正常，竟然神奇地好了起来。我把这归功于月亮药片，月光，真的是可以消炎的吧。

为此，我经常有购买一小片月亮的想法，但总是苦于找不到收银员。

赏心只要三两枝

妻子喜欢插花，屋子的不同角落，都有她的杰作。多年来，她乐此不疲。

对于插花的艺术，她有自己的理解，她说："插花不在美而在心。在插花艺术中，并不是花的数量越多就越能创作出美的作品，而是要精选花材。每一种花都有其独特的形态、色彩和芳香，需要根据花材的特点巧妙地搭配，才能创作出富有韵味和生命力的作品。"

她认为插花不在于花的多少，哪怕三两枝，一样可以婀娜出艺术的气息来。

我倒是不能更深层次地欣赏插花艺术，只觉得那是属于妻子的美丽的闲情。

闲情是一种活着的状态，更是一种难得的修养。

南宋诗人杨万里有首诗《闲居初夏午睡起》：

> 梅子留酸软齿牙，
> 芭蕉分绿与窗纱。
> 日长睡起无情思，
> 闲看儿童捉柳花。

空中的柳絮飞来飞去，不用上学堂的孩子们开心地追逐着柳絮，诗人在旁边看得津津有味，真是够闲的！杨万里写这首诗时40岁，正是当打之年，却赋闲在家，他想有所作为而又无可作为，空度时日对他而言是何等的愁闷！但是他没有去搞政治攀附，而是以他的修养保持了心境的安适。大概也正是这个原因，当时的抗金名相张浚看到此诗，赞扬杨万里"胸襟透脱矣"。

一个女性朋友，新买了一个窗帘，喜欢得不得了。但是这个窗帘有个缺点，就是漏光严重。估计布料太薄的缘故，遮挡不住光。可她就是喜欢。天亮时阳光透进来，害得她早早就醒来。一连好多天都是如此，懒觉睡不成了。即便如此，她也没有换掉这个窗帘，女人为了自己喜欢的东西，总是有着某种执念。她说："为了它，我宁愿改变作息规律。"

赏心的事情就那么几件，为了这几件喜欢的事情，执拗一点，顽固一点，又有何妨！

天下种花者，几人是为自己赏心？几人是为他人悦目？

与那些花比起来，我更在意那些缝隙里的草。那是悲悯加身的几株劲草，再大的风雨也压不垮它。

生命中有很多动人的细节，岁月是不肯删除的，比如一只蝉，威逼利诱一棵树，让它吐出内心的秘密；比如蜗牛缓慢地爬行，路经一片落瓣，竟然想把它戴在头上，尽管它试了好几次都没有成功，但这已足够完成一首诗。

使我们生活美好的，往往是那些不经意的细节。所以，哪怕是一声蝉鸣，一抹日落，都不要轻易地从记忆里删除。

而我是有幸记录这些细节的人，这亦是一种闲情。当然，我的闲情与妻子的闲情比起来，到底还是逊色几分。她把插花艺术发挥到了极致。她说插花讲究孤独，主枝外斜三十度，驿外断桥边，寂寞开无主。人生不必十全十美。李煜凄惨、岳王壮丽，泪中花、断肠诗都是残缺之美。她说插花讲究宁静。两枝三枝，无喧无闹。寻常一样窗前月，才有梅花便不同。人生不必解释，不必讨好，不必点头，不必奉承。即使是路边的野草，也能开出清香的小白花，也能装点这人生的盆景。做不了玫瑰、牡丹，就去做一束小花吧，但一定是最雅致的那一朵。

越美的插花，生命越短暂。美人感悟青春之易逝，壮士感慨事业之艰险。一山一石、一盆一草、一几一案、一色一香，插花无不精致。或饮或食，或住或行，人生当颇费心思，从插花艺术里得到启悟，享受精致、孤独和宁静。

动人春色不须多，赏心只要三两枝。

第二辑

心有蔷薇,何惧刀剑

一个下午的四分之一

午睡后，胸口有些闷，状态十分不好，心情自然也差。拉开厚重的窗帘，阳光一下子射进来，犹如万箭穿心。这些阳光之箭，不伤人，反而是用来治愈的。为了让更多的阳光进来，整个下午的四分之一，我都在擦洗一块玻璃。

一群燕子，在湛蓝的天空上飞过，仿佛在那里泼下了几滴水墨。春天像闪电一样来临，又像闪电一样短暂。当我发现第一只燕子从身边掠过时，郊外的草地已经绿波荡漾了。

麻雀们在早晨欢歌，而午后便沉寂下来，相依着在密叶间小寐。偶尔窃窃私语，轻描淡写地聊一聊另一根树枝上的鸟。

我看到了那朵云，像一扇巨大的翅膀，甚至翅膀里的骨骼都清晰可见，这大自然的神奇之处，令我讶异。

当我把蓝山和卡布奇诺混合到一起冲泡的时候，体会到了什么是美好。

尽管身体有一点不适，但这些白云，以及卡布奇诺与蓝山交融的香气，妥帖地抚慰了我。不一会儿，那片云终于散尽，我的心情也随之走出阴霾。我想，这片云好像就是为了我而来，也为了我而去的。

我复制这朵云到我的画板上，只是，我只能复制它的形状，却无法复制它的魂魄，因为画板上的这朵云，没办法流下泪水。

所以，还是把它放进心里去吧。一颗心，装得进多少白云，就流得出多少眼泪。

在刚刚的午睡里，死去的人，托梦来，向我描述地狱，语调平缓，毫无惊悚的意味。他说地狱里并无酷刑，只有无尽蔓延的冷漠。

我知道这种冷漠，会让三伏天的太阳都结了霜。

一个下午的四分之一，风用它温柔的翅膀，把湛蓝的天空擦得更蓝了。风吹动万物，其实，那并非风的本意，只是树叶想动，云想走，草儿们一会儿想对你点头致意，一会儿想趴下小憩。

风在到处敲窗，告知我们春天的喜讯，它更为殷勤，也更为直接，不像喜鹊，衔着好消息，却喜欢卖关子，总是先清清嗓子，理理羽毛，做足了铺垫。

两个放学的女孩，一边走一边打闹，笑声不曾停止。那笑声，仿佛是青春的响铃，循环播放着。一辆120救护车从她们身边疾驰而过，救命的鸣笛声淹没了那笑声。

很多花瓣在风里飘，有一瓣落到我的窗棂上，那是风在提醒，被我们浪费掉的花香。

妻子在医院护理岳母，空闲下来，与我视频。我看到病房里，穿着病号服的病人来回走动，而陪护的健康人都倒去床上酣睡。自动取片机前，那些排队等着取化验结果的人，比山谷里的树还沉默。但不一会儿，就有咳嗽声响起，仿佛起到了带头作用，一大片咳嗽声紧随而来。

"医院是一些咳嗽的房子。"米粒儿说。她的话总是带给我惊喜。此刻，她跑出去，在窗外荡着秋千，一只鸟正在替我们打扫庭院。它衔起地上的一片叶子飞走，不一会儿回来，又衔起一片叶子飞走了。

我安慰着妻子，让她安心照顾母亲。这让我想起诗人阿信的代表作《在尘世》，诗中写了他和妻子在去医院的路上，遇见红灯，他反复轻拍着妻子颤抖的肩，说，不急不急。这个典型而朴实的安慰动作，表达出他们相濡以沫的情感,"身在尘世,像两粒相互取暖的尘埃,静静地等着和忍着"。这种无奈与辛酸,是多少人的共同经历,也是万千中年人的共同写照。

遥远的寺庙里传来钟声,敲击人心,有的人痒,有的人疼。老年公寓的老人们,倚在墙根,打盹。一会儿谁都想不起,一会儿谁都在心底。

人世悲欣交集,许多事猝不及防,趁着这个下午的明媚,我要捡拾回我的率性,想歌就歌,欲泪就泪,不听奉承话,也不放彩虹屁,不用再为说错一句话而忐忑不安,也不必再为打了一个饱嗝而心跳加速。说出的话,写下的字,无须粉饰和润色,只管一条道跑到黑,撞了南墙走北门……

我想守住一些秘密,像小时候捂住口袋里的牛皮豆,生怕它们不小心蹦出来,掉进日光下的人群中。

一个下午的四分之一,这一生中微不足道的须臾,饱满、充盈,令我舍不得半点游离。

有 墨

多少人手中有笔,却画不出自己想要的生活。更多的原因是,心中无墨。

心中无墨,人之情感便无所依附,亦无法流淌。

有墨,可写天,写地,写春秋;有墨,可画江,画山,画社稷。赤橙黄绿,嬉笑怒骂,柴米油盐,皆可入文入画。

村有一人,孤独一身,但凡谁家来求他写副春联喜联啥的,皆欣然应允,从不问人要报酬,只要给点儿吃食即可。他衣衫褴褛,但村人并未因此嫌弃他,皆因他内里有墨。

肚里有点儿墨水的人,自然是受到尊敬的,祖父在过年时给邻里写对联,父亲常常给人记礼账,都是被人高看一眼的。

麦家的父亲和他说过：家有良田，可能要被水淹掉；家有宫殿，可能要被火烧掉；肚子里的文化，水淹不掉，火烧不掉，谁都拿不走。这句话给了麦家以点醒，他说现在所有的一切，都是从这里起步的。这句话就是最初的星星之火，一点一点，汇聚成光。

有墨，可写诗，可谱曲，可描蓝图，可绘声绘色地过好日子。

同样是父亲，我的父亲却劝诫我节约用墨。他和我说，墨汁够用就行，有多余的，你就要瞎画了，或者写打油诗去嘲弄别人了。父亲让我懂得了——对人恭敬，就是对自己庄重。人，永远不要用多余的墨去抹黑别人。

一个女教师对孩子们说，一个人要想在世上立足，胸中必须有墨，你将来要走的路，都需要用那些墨去勾画。

她是一个优秀的老师。在大多数孩子眼中，书山题海都是面目狰狞的。可是，她却使这狰狞的面目变得妖娆可爱。与其说她的教育方法得当，不如说她懂得和孩子们交心。

笔者挥毫，挥的是运势，是气度；画家泼墨，泼的是意境，是胸襟。

好墨需配好砚，光听这些古砚台的名字就极妙：鱼脑冻、胭脂晕……我家有一方小巧的古砚台，不知何名。有一次，父亲喝得微醺，忽然来了兴致，想写几个字。他把桌子收拾干净，让我为他研墨。砚台干干的，像一小片戈壁滩，毫无生气。父亲随手在砚台里倒上几滴酒。我倒是第一次看到用酒研墨的，蘸着这样的墨写下的字，会不会也是有几分醉意的呢？

忽然，我就有了想法，不如就把这方砚台，叫玲珑醺吧。

蘸着玲珑醺里的墨，洇在苍白的纸上。父亲写下四个大字：难得糊涂。

还真是相得益彰，这几个字，是父亲生命中难得的浓墨重彩！

有墨，我便不再担心庸常的时日没有华彩。

有墨，我希望可以认认真真地写下一些厚重的文字，压住我不安分的灵魂。

江山有墨，八千里路云和月；社稷有墨，江山代有才人出；君子有墨，腹有诗书气自华。

天空有墨，乌云压顶，大雨将倾；岁月有墨，那不是污渍，是一幅画的起点；我家有墨，书房一间，典籍千册，小米粒儿的大名，叫雨墨。

本该如此

我问米粒儿:"月亮为什么有时候缺,有时候圆?"米粒儿说:"它本来就该是那样子的啊!"对啊,阴晴圆缺,生老病死,这是万物的轨迹。小如一粒露珠,大如洪荒宇宙,万物皆有归宿。

我指着乞丐的讨钱筒,问:"这个多少钱?"乞丐有些发蒙,他不清楚我是在问那讨钱筒里面讨了多少钱,还是在问这个讨钱筒的价格。我与他确定了我的意思——我想买他的讨钱筒。我买它做何用呢?我自己也不知道,我内心飘浮着一个想法,我觉得把他的讨钱筒买走,就买走了他悲惨的境遇,从此,他就可以不再乞讨。可是,这得需要多少价格才合适呢?万一这乞丐狮子大开口,我给还是不给?到时候因为犹豫不决而被剥掉虚伪善人的面具，岂不尴尬？但事实证明，我的担心是多余的。他打量着我，问："看你斯斯文文的，文化人吧？"我点点头："您看得准，耍笔杆子的。"他便高了些嗓门，说道："那就对了嘛，你说，让你把你的笔杆子卖了，你舍得不？"

文人有文人的样子，乞丐有乞丐的样子，实不相瞒，各不相扰。

《无问西东》里，陈鹏给远方的爱人寄了一个盒子，里面是满满的银杏叶。我仿佛又看见他俩在清华园手牵手奔跑，身边又响起他深夜的表白："你别怕，我就是那个给你托底的人，我会跟你一起往下掉，不管你掉得有多深，我都会在下面给你托着。我什么都不怕，就怕你掉的时候把我推开。"

有人为你托底，爱是深渊又有何妨！这算是爱的壮举吧。可是在陈鹏看来，一个男人的爱，本来就该是这个样子。

三妹夫喜欢置办农机具，这"恶习"由来已久，之所以称之为"恶习"，是因为他的不切实际——家里就那么两垧地，根本用不着这么多铁家伙，可他就是喜欢。一有新型的农机具上市，心就痒痒得不行。辛辛苦苦一年到头挣点儿钱，又一股脑地换了个铁家伙回来，害得春耕的时候四处借钱买种子、化肥，不然连地都种不上。气得三妹直跺脚，甚至有两次为此要和他离婚。他害怕了，表示要"痛改前非"，可是每次看到别人家又置办了新的农机具，眼里又冒出光来。我们知道，这小子又动心了。赶紧劝三妹把钱看得紧些，让他心痒也没辙。可是万万没想到，没过几天，这执拗的牛人愣是把崭新的铁家伙给弄了回来，竟然是贷款买的，他软磨硬泡找了好几个人担的保，弄得我们哭笑不得。

面对我们的不理解，他只是憨憨地笑，说："我是农民，不置办这，还能置办个啥？"在他看来，他的所有农具，就像作家的书，钢琴家的钢琴，书法家的毛笔，并无二致。看着满满一院子一应俱全的农具，他点燃一支烟，眯缝着眼咧着嘴笑。他如此满足，他觉得他的幸福，本该如此。

院子里有个沙坑，那是孩子们最喜欢的地方，可是一只野猫也相中了那个地方，总喜欢在那里面拉屎。孩子们玩着玩着，就会翻出几粒猫屎来。孩子们气坏了，非要找到这只野猫不可，他们做了一只网，守在那个沙坑边上，果然，野猫被他们逮到了，可是它脏兮兮的，样子又难看，没有人愿意养，只好关在一个笼子里，任其自生自灭。晚上，野猫饿得惨叫，声音听起来很瘆人，可是没有人想到去喂它一点儿吃的。第二天，野猫不见了，笼子旁边残留着一些火腿肠的皮，不知道野猫被谁偷偷放走了。

我们谈论着这是哪个有爱心的人放的呢，没有人站出来承认。过后很久，米粒儿才说起这件事，野猫是她放的。她说，这有啥大不了的啊，她只是觉得小猫咪太可怜了，不该被关在笼子里。

米粒儿安安静静地做了一件善事，在我看来，这本身就是非常了不起的优雅。

诗人灯灯写道："我不清澈，我洗手。我耳朵失聪，我听经。"

一切，本该如此。

不懂之刃

　　荷尔德林30岁时，依然不得不作为一个贫穷的家庭教师和到处流浪的可怜虫，在别人家的饭桌上吃饭。像个大男孩一样，感谢母亲和祖母送来的手帕和袜子等必需品，而且还不得不忍受这两个失望的人温柔的、一年比一年更令人心痛的指责。他痛苦地听着这指责，绝望地对母亲说道："真希望您能让我安静一会儿。"但是他不得不一再叩响那扇在这充满敌意的世界上唯一对他敞开的门，并一再向她们发誓："你们要对我有耐心。"最后，他终于伤痕累累、筋疲力尽地倒在了门槛上。

　　母亲伤心至极，如果可以换回他的命，她宁愿一辈子做个哑巴。她真的不懂他单纯又深邃的心啊！而这世间，能懂他的人，也是寥寥无几。

法国著名作家罗曼·加里作为一个正直的作家，以笔为武器，对所处社会的弊病和痼疾一直进行无情揭露与深刻剖析。但战后社会状况与曾经作为战斗者的作家所期待的局面相距甚远。社会矛盾空前激化，他深感自己的笔挽救不了社会，渐生弃世之心，在66岁的时候选择自杀身亡。但是关于他的死，还是有很多其他的猜测，有人说他是玩腻了。他的人生可谓是精彩纷呈，出了几十本书，享誉世界，两次获龚古尔文学奖；当飞行员参加过战争；当过外交家；当导演拍电影；和好莱坞女影星琼·塞贝格一见钟情的婚外情；和爱人环游世界……这些经历一个人恐怕几辈子才能做到，他66岁前都做到了，他的人生哲学恐怕这世界上没几个人能通晓。可能真是觉得人生没什么动力了，也就想告别了。

也有人认为，他用化名再一次获得龚古尔文学奖后，内心一直不安，真相一旦暴露，不理解罗曼·加里初衷的广大读者会误解他为欺世盗名，对龚古尔文学奖的10位德高望重的评委的自尊心也会造成伤害。随着时间的推移，这种心理负担愈来愈重，要让社会明了自己的本意，让崇尚名气的陋风有所收敛，似乎只有一死最见诚意。

而对于罗曼·加里真正的死因，我们与其说是不知晓，不如说是不懂。

和尚跟屠夫是好友。和尚早上要起来念经，而屠夫要起来杀猪。为了不耽误各自工作，便约定早上互相叫对方起床。多年后，和尚与屠夫去世了。屠夫去了天堂，和尚却下了地狱。屠夫天天做善事，叫和尚起来念经；相反，和尚天天叫屠夫起来杀生。

你做的事情往往都是你认为对的，却不一定是对的。

一只猴子看到河里的一条鱼正在漩涡里挣扎，就把这条鱼从水里捞出来，放到岸上，这是猴子的好意，但是这对鱼有什么好处呢？

有位90多岁的平庸老人，每天都从我家门前走过几趟，我体会到了时光在他身上的漫长。但是每次他坐在墙根下晒太阳时，我都看得到他的微笑，不是苦笑，不是生硬的笑，是淡定而温婉的，迷人的笑。我不懂，一个坐在死亡门槛上的生命，如何能笑得如此从容。

我不懂，所以在心里认定了，选择长寿就是选择了漫长的衰老，选择了一种煎熬。

米粒儿做事缓慢，喜欢磨磨蹭蹭，一点痛快劲儿都没有，常常惹得我们发火。比如早晨，我急着上班，她急着上学，老婆一边做早餐一边给她准备衣物，还要给她梳头，常常手忙脚乱。可是她却总是没个着急的样子，照样慢悠悠地洗脸、刷牙和吃饭。为此，她没少挨我们的训斥。

那天放学，碰到米粒儿的老师，聊了几句。老师和我说，他发现米粒儿有一个最大的优点，那就是不管多大的事情，都能做到云淡风轻。这种淡定从容的心态，在未来的路上一定会对她有特别大的帮助。

啊？那不是我们一直厌弃并想让她尽力改正的缺点吗？

约翰·列侬五岁时，妈妈告诉他，人生的关键在于快乐。上学后，人们问他长大了要做什么，他写下"快乐"。人们告诉他，他理解错了题目，而他告诉人们，是他们理解错了人生。

多少人的不懂，如刀刃，把人生切割得支离破碎。

人生，说白了是自己一个人的一生，让自己快乐，让自己的心灵得到妥帖的照顾，就是最好的一生。

风是树的手指

16岁的时候就离开了校园,倔强地去社会上闯荡,却屡屡碰壁,像一个小核桃,被一面墙弹回来,又弹到另一面墙上。那时候,感觉生命为我预支了好多年的雨,整个世界阴雨连绵,看不到一点儿晴天的迹象。

我热衷于写诗,疯狂地、没日没夜地写,越写越晦暗,渐渐就走入了死胡同。有一天突然心血来潮,想给自己的诗都配上画,就去报了一个绘画班。

绘画班的老师是个道骨仙风般的老人,他看出我萎靡的状态,和我说,去画一画那棵秋天的树吧,一天一幅。

我按照老师说的去做了。

老师问我,眼前的树每一天都是一样的吗?

我说是的。

"不！"老师说，"今天的树比昨天少了一枚叶子，或者，今天的树上停过一只鸟，这都是与昨天不一样的地方。"

"那么，假如有一天叶子都掉光了，你会说它们枯死了吗？"老师持续发问。

"当然不。"我说，"春天的时候，它们依然会重新发芽啊！"

老师强调，不论将来，只说眼前。任何一棵树在春天都会被认为是涅槃重生，可若只看眼下，你觉得它是不是枯死的？

这个还真不好说了，全身上下已经没有一丝绿色，叶子掉光了，说它枯死，似乎也可以。

可是，还有鸟落在树上，不是吗？鸟也是树的一部分！有鸟在，我们就不能叫它枯树。

那么，假如所有的鸟都绕过它，不再落在上面呢？

那也不能叫它枯树，因为还有风！风也是树的一部分，风是一棵树最敏感的手指，它可以抓住希望。

假如风也睡着了呢？

那也无妨，不是还有月亮吗！人，总有办法，总是会找到一个角度，让月亮落到那树梢上。

只要你愿意，那月亮总会落到心里，总会让那个希望,不灭。

老师的这一套理论,当时并未觉得可以用来指引自己的心灵,只是觉得新奇罢了。

后来,一步一个脚印地攀爬,总算爬出了那段晦暗时光。可是命途多舛,中年的时候遭遇下岗——这人生的又一道坎儿横亘眼前的时候,尽管也充满悲伤,但不至于那么慌乱,自己给自己的劝慰就是,一切交给时间吧,时间是一服良药,可以把不幸变成万幸。

朋友也过来开导——一条路没有走通,不必懊悔,那或许只是意味着这条路本来就无法通往你要的幸福。另起一行,重新起步,才能真正找到属于你自己的路。自黑永远是安慰别人最好的方法,他说:"家家有本难念的经,你家才一本,我家那可是'藏经阁'啊!"

这些宽慰总能让我醍醐灌顶——已然是深渊,又何惧它再往下沉去几个光年。

这时候再想到老师的那些话,心里便豁然开朗了——只要风还在,那树就是活着的。想起这些年的那些事,心里满满的感动。生死一线的时候,妻子舍命挡刀;抢救室的外面,亲人和朋友们的祈祷;感情危机时,母亲小心翼翼的开导,以及父亲躲在门口的偷听;事业受挫时,朋友一句"大鹅已备好,能饮一杯无"……这不都是围绕在我身边的风吗？若我千疮百孔，那风，就会把我当成竹笛来吹。

老家的院子里有一棵苹果树。从祖母开始，一直守护着它。那伟岸的躯干，为我们铺设了一地绿荫。在那穷苦的日子里，我们总是靠上面的几颗果子打打牙祭，冲淡一下日子里的苦涩。那是穷人家的树，我们唯一的富有。苦的时候，它缩紧肋骨，也要为我们结出几颗甜来。

我在树下，闻到的不只是树上花的香气、果的甜蜜，还有绵延不止的，祖母和母亲，爱的芬芳。

在我看来，这棵树就是家和日子的象征，祖母和母亲，用她们母性的风，扇动着温暖和爱，并把它们缠绕在家的四周，一圈又一圈。不管家多么破旧，日子多么贫寒，有风在，活着的滋味就在。

我愿成风，也愿为树，我将近五十圈的年轮，足以形成一个漩涡，将我卷入一个叫幸福的巢穴。

陷入尘埃里的光

画师看了一遍又一遍每个弟子所画的山峰，无一例外地摇摇头。是弟子们画得不像吗？画师说，不是让你们画得逼真，而是要让你们画出它的魂魄。弟子们终究还是没有画出令画师满意的山峰。我却不把这归结为弟子们画技不精，而是认为那山峰，没有被尘世的画笔所驯服。就像尘世里的某些人，保留一身桀骜不驯的棱角，俗世终究无法将他们驯服。

在同一棵花树下，有人赠我以笑意，我们彼此互生好感，皆因我们一同爱着这花树，爱屋及乌；在同一个事故现场，有人投我以冷眼，我们彼此心生厌恶，皆因互相猜测对方是使坏之人，殃及池鱼。在不一样的环境里，亦会造成不一样的感觉。

当一面镜子背后的铜脱落下来，镜子就变回了透明的玻璃，那是镜子的本真。只是，你也会因此再也照不到自己的容颜。所以，不能因为某些东西的不透明而嫌弃它，就像赌石者手里的一块石头，那不透明的石头里，没准儿就藏着无比通透的玉。

烟花说："我因绚烂而凋零。"

峡谷说："我看似傲慢，从不向谁伸出手去，可是，谁若是喊了一声，我都会给予回应。"

大雾说："我是巨大的补丁，会缝合这世间所有的漏洞与嫌隙。"

外面下着雨，爱人在煮饺子。我望着窗外的雨，闻着饺子的香味。

你看，外面雨点儿再大，也挡不住锅里的饺子熟了。

有一次，我和朋友们聊起在家的排行。新英说，她居中间，有哥哥姐姐，也有弟弟妹妹，小时候觉得自己是被忽略、被遗忘的，现在大家都羡慕她福全。

我告诉她，你居于哪个位置，就有哪个位置的光。在那里，云不会多给你一件衣衫，但你的衣衫正合身。光也不会多给你一盏茶饮，但茶后存香。自然，风也不会多给你弹一曲微凉，但风来得恰到好处。

万千世界，你居于哪个位置，就有哪个位置的好。

在阳台上换衣服，差点就脱了个精光，被老妈训斥。她说："屋子是你自己的，这阳台可不完全是，路过的人一抬头就看得见，你总得顾及一下别人的眼睛。"

她还在那里供奉着一尊菩萨，她说："家里没有点儿香味，菩萨都会嫌弃的。"因此，我的家里每天都香气萦绕。

菩萨从一千双手中伸出一只，就能拯救我。可是我不知道，菩萨是一种什么类型的生物。

一杆秤，配了秤砣，才有了公平。一座挂钟，上紧发条，才有了时间。

篮筐被卸掉了，可是孩子们仍旧一次次将球投向篮板——那个曾经有篮筐的地方，没有人能判断那个球是否投篮成功，没有篮筐，就换个规则——玩橄榄球如何？

生活总是有那么多不完美，迁就它，不如改变它。比如坐公交，睡着了，坐过了站，好吧，正好这里有个修鞋摊，把鞋子的拉链修一修。

我看过的书，与我积攒的书签总是不成比例，书签太多，而书总是来不及看。一天的时光，被塞得满满的，里尔克的诗句在卫生间里读出来，总是显得不合时宜。可是别无他法，原谅我的不敬，保罗·策兰，切·米沃什，都曾陪我一起坐于马桶之上，那里已成我灵感频发之源。

卡夫卡在《城堡》里这样阐述过：努力想得到什么东西，其实还需沉着镇静、实事求是，就可以轻易地、神不知鬼不觉地达到目的。而如果过于使劲儿，闹得太凶、太幼稚、太没有经验，就哭啊、抓啊、拉啊，像一个小孩扯桌布，结果却是一无所获，只不过把桌上的好东西都扯到地上，永远也得不到了。

梅花鹿从不羡慕大象的鼻子，因为它背上有梅花。而且那些梅花，永远不会凋落。

我相信，吃掉黄金的人，身体不会发光。但吃掉月亮的人，会！

有泪轻弹

我对生活饱含深情。许多年了,我仍旧喜欢蘸着泪水写信,只是,收信人只有一个——岁月。

这世间,能使你昏昏欲睡的,总是欢愉之事,而一次次唤醒你的,却是哀伤。痛苦的事物穿过身体,穿过骨头的丛林,会留下晶莹的钙。

没有被眼泪洗濯过的事物,不配写进诗中,不配走进和停留在你的心里。

每一滴泪水都是新的,唯有崭新的泪水,才能洗掉旧日的尘垢,把日子洗得透亮。

出嫁的新娘,回望家门和父母,禁不住流泪。

诗人离离在父亲去世的那个黄昏,坐在摩托车后座上往家赶,感觉把沿路的尘土都擦干净了,其实她只是不停地擦着自己的眼泪。

花园里有个女孩在哭，哭完之后，她倚靠的那棵树，更绿了。树上的叶子在滴水，好像刚刚也陪着她大哭了一场，还来不及擦干眼泪。

尘世中的泪水聚到一处，便是汪洋。

嘉宝饰演的"茶花女"临死前的台词，让整个世界的心停顿了几秒钟——"我的心，不习惯幸福。也许，活在你的心里更好，在你心里，世界就看不到我了。"

她不断地呼喊着阿尔芒的名字，"从她的眼睛里流出了无声的眼泪"。

当这些纯净的哀愁被唤醒，世界就会被洗刷。因为眼泪，世界才变得干净。

雨下在父亲和母亲的白发上，多希望，那雨水里蕴藏着营养，把那些枯萎的白发变回黑色。想起年少时，我和父亲在坡地上吵架。他训斥我，用锄头愤怒地刨土；我顶撞他，用镰刀猛砍着一棵树；母亲无法劝解我们，百般无奈，把挖出来的土豆一个个小心翼翼地装进麻袋，每装进去一个，就流一滴泪，好像所有的土豆，都是她受了委屈的孩子。

大半生以来，攒了不少积蓄，阅历、知识、做人的道理……唯独没有攒下一星半点的健康和时光，那才是我最想给予父母的财富。

有谁想去摸一摸,已经枯了身子的草。有没有人觉得,我们和那些草很像,衰老得猝不及防,无人问津。有歌儿里唱:我有故事你有酒吗?我在诗里写:我有草药你有恙吗?我不断寻找着同行者。渴盼着如影随形的挚友,以及不动声色地传递关爱的兄弟,可是人生的枝条上,慢慢地,就只是蹲着我这一只,孤独的鸟。木秀于林,便慢慢地不得人心,朋友们渐渐疏离。我开始疯狂地阅读,去和书里那些有趣的人,称兄道弟,彻夜长谈。

年纪大了,想流泪,却发现泪腺堵了,已经好久没有泪水了。

月亮再亮,也无法抚慰人间所有的悲伤;风再大,也无法把尘世的坏消息都刮走。黑夜想保持一点骄傲的洁癖,可是尘世太过脏乱,它只好把风请来,替它清理自己的卧室和厨房。

那就请允许大风彻夜不停地吹吧。除了月光和风,这世间,再难找到使人轻盈的东西。

人过中年,要学会在过得很快的日子里,很慢地想一些事;在过得很慢的日子里,很快地撕掉一些不堪。唯求不要把记忆清空,干巴巴的生命枝条上,哪怕零星地,卧着几片往事的云朵,也好。

从前那么多美好，轻易就破碎了，人世苍茫，我们唯有去回忆里取暖，讨得半世欢颜。殊不知，这欢颜，是用眼泪擦拭出来的。

我郑重其事地写下，要与美好的人，结伴同行，可是，却一次次地，与美好的人，擦肩而过。

羞愧是我的后半生里最后的泪水，又仿佛是审计官来清算我一生所有的过错。我写下怀念过去的字，在纸上画一扇门，放回忆进来，希望可以向那些奔涌而来的人们说一声抱歉，并听到他们宽容的回复——没关系！

我将把这当成是岁月给我的，最珍贵的回信。

心有蔷薇，何惧刀剑

近来似有抑郁之症，常常想着去寺里住一段日子，吃素，养心。在世俗之外，颇想寻得一种陌生的境地。

说白了，是不堪这尘世的苦累。可是一个男人，肩负责任，为了家，可以顶天立地，为了家，也可以卑躬屈膝。女人也一样。

心有蔷薇，何惧刀剑。这心里的蔷薇，便是我未曾见过的陌生境地。

所有的人，在明天之前，都是年轻的。明天的经验，如果可能，尽力地向后推一推。我不想凭经验去活，我想要一种新鲜的前所未有的境地，想凭任性的爱去活。因为经验是一把双刃剑，倚仗它可少走弯路，但过于倚仗，则失去了创新之力。

想告诉后来的人，吃必要的苦，耐必要的劳，此乃历经生活百味的唯一途径。

怕打脸的，可不仅仅是靠脸吃饭的演员。

每一阵风都可以使我们轻盈，别低估了你那双隐形的翅膀。

努力地活着，别作践自己。万一某一天，当幸福来敲门，你得有力气去开门。

那么多次否定怕什么，你难道忘了"双重否定就是肯定"这个道理？

如果你一直无法融入，那么，是时候考虑换一个团队了。

晴天有晴天的明眸，雨天有雨天的暗香，皆源自心底的欢喜。

上天的本意或许是好的，把希望、爱和一切美好且有用的供给于我们。但我们忽略了，他也有打盹儿的时候啊。

再平凡的人生，也总有几次虎口脱险般的经历吧。心有余悸之后，你会感谢命运，在你死水一般的生活里投了一两颗小石子，它们荡起过美丽的涟漪。

真正改变一个人的，不见得是一场战争，或者一次劫难，和这些天灾人祸比起来，脚底的一颗石子，眼里的一粒沙，都有可能使你偏移心灵的方位。

从一个人的心上搬下一块石头，并不需要多大力气，只需要你把他的心，往你这边挪一挪，再挪一挪。

水滴知道，必须团结更多的水滴，才能汇入溪流；溪流知道，必须团结更多的溪流，才能汇入江河；江河知道，必须团结更多的江河，才能汇入大海。

一朵花不能改变整个春天，但我相信，它肯定能改变春天的一寸心情。

世上最难画的是心，因为它是有形的，又是无形的。它存在于你的身体，又游离于你的灵魂。

人们给你下的判断，也仅仅是他人的判断，并不能左右你的前程。

花开之时，重逢之日。所以，莫要伤感，就当我们是冬眠的小兽，暂且睡一冬吧。

你从来都不是谁的宠物，也别想着把别人变成自己的宠物。这件事，从一开始就是悲剧的调子。

如果你能感受到自己在爱人心中的地位，那么只能证明一点，你还不够深爱。

没必要那么恐慌吧。病毒无孔不入，爱又何尝不是！

情感就是这样，多贪恋一分，烦恼、寂寞和撕心裂肺的痛，就多一分。

我们躲躲藏藏，并非做了什么错事，而是担心那些错事，会迎面与我们撞个满怀。你希望自己的人生是什么样子的呢？我想我会选择童话的样子，因为那样就会有一个美好的结局。

　　当宽容成为一件武器，你便可以击败心灵上的任何敌人，比如嫉妒、诅咒和仇恨。

　　心若死，万念俱灰。若想死灰复燃，请在我心间埋下一颗种子，并给予它雨水、春风和光。"朝携一缕霞，暮赏半窗花。有尔心间住，何言不是家。"（素心语）

　　刀剑永不疲累，但它们会生锈。太阳生机勃勃，也有睡觉的时候。就如同爱情里的人信誓旦旦，殊不知，爱和花儿一样，有绚烂，也有枯萎。

　　如今，你只是拥有了一盏灯。在这之外呢，依然弥漫着更庞大的黑暗。消除那些黑暗的办法很简单，成为灯，行走的灯。

　　心有灯盏，何惧黑暗。

参 差

世上之人存在着各种差异——你富可敌国，我小本经营；你位高权重，我人微言轻；你名满天下，我默默无闻；你"高富帅"，我"矮矬穷"；你智商140，我只有70。更有为人层面的，比如有人真诚，有人却连亲人都要骗；有人表里如一，有人两面三刀；有人慈悲良善，有人恶贯满盈……这些差异，决定了世界的多样性，更有一些人，喜欢戴面具，不以真面目示人。要辨别这些差异，唯有靠我们自己，擦亮眼睛和心，近君子远小人。

你看，那些生活在社会底层的人们，虽然并未获得世俗意义上的所谓"成功"，被冠以"失败者"的名号，但他们并不为此自怨自艾，依然努力地热气腾腾地活着。

卖猪肉的女人容颜如花，此刻，扎着油渍腌臜的围裙，剁着一扇猪肉。一只流浪狗在她脚边摇着尾巴。她一边作势要踢它，一边抛给它一小块脆骨。这就好像对待自己淘气的孩子，管着也爱着。

一群建筑工人，在脚手架上劳作。这些在暮色里燃烧的人，即将成为灰烬，然后在隔日的晨曦里，涅槃重生。

曾经的自己，内向又自卑。感觉就像是一棵杂草，努力挺了挺身子，又用露水把自己洗得干净一些，可毕竟还是一棵杂草。在一场大雨里，毫无遮掩地大哭，在心里说，如果，这眼泪汇成的大海淹不死我，我就好好地活下去。

我在湿漉漉的生活里，一次又一次地拧干自己，慢慢地我就发现，自己缩水严重。这不免让我想到一个段子——某个女人省吃俭用买了一件国际名牌衣服，小心翼翼地穿了几天，再小心翼翼地洗涤一新，没想到衣服严重缩水，再也没法穿了。致电客服，客服回答："我们这个牌子的衣服，一般是需要干洗的。"

当我还在为营养不良而忧伤的时候，一些人已经开始在为营养过剩而烦恼了。

就着一碟花生米下酒的人，在雨里号啕大哭的人，给一匹马下跪的人……都是走进生活深处的人。看吧，还有那些游荡于磨坊、风车之间，酣睡在星座之下的流浪者，那些在惊涛骇浪间搏命的水手，那些走街串巷的货郎，那些遭小人陷害郁郁不得志的英雄，给我们留下了多少动听的故事！而那些志得意满的成功者，往往是文学作品着墨极少的，因为他们是如此乏味而空虚。

有参差，就有了对比。有些对比效果明显，比如猥琐的酒鬼反衬着酒仙的飘逸，卑鄙的小人反衬着君子的高洁……可是，很多对比又毫无意义，比如黎明和黄昏，比如一片短寿的苔藓和一棵千年老树……

我在一兜沙果里，能吃出甘甜与青涩，它们挨得那么近，上苍赐予我们的，总是如此公平，就像你嗑了一大把香香的瓜子儿，忽然就嗑到一个有霉味的。为此，你必须推倒重来，以便让健康的芳香再一次占据上风。

罗素说："参差多态是幸福之源。"这句话让人很是受用。老舍说得更具体："生活是种律动，须有光有影，有左有右，有晴有雨，滋味就含在这变而不猛的曲折里。"有的人远行，有的人踏上归途；有的人喜欢白天，有的人迷恋黑夜；有些人沾了枕头就鼾声四起，有些人数了上千只羊，依然辗转反侧……有高有低，有冷有暖，有美有丑，有黑有白，这便是参差的人间。

因了这参差，路便曲折不平，所以，我们需要站稳脚跟，走得端正。

一棵树的复仇

你永远无法绑架一棵树，因为树，从来不懂得屈服。它选择了一个地方，便扎根于此，永久性地居住，从不向旁边多迈一步。

一棵树活着的时候，用叶子去观察世界的千变万化。死了之后，就长出无数的耳朵，去倾听世界的奥秘。然后，留下隐秘的树洞，欢迎你去与它交换彼此的秘密。

它的战栗，更多的是来自内心的喜悦，比如久旱之后的雨水落下，比如南方归来的候鸟，栖息于它的枝头。

这棵倔强的树，把根扎得很深，可终究还是被人给拔起，挪到一个新的地方去。尽管不情愿，也没有办法，只能听凭命运的安排。倔强一阵子之后，也还是会选择苟活，把根在新的地方再一次扎下去。

那些笔直的白杨、坚挺的松柏，都是好孩子，齐刷刷地站在光阴里，向岁月行着注目礼。

我见到过一棵野柿子树，贸然就长到了那里。不知是哪只鸟将它的种子撒在那里，在一整片整齐划一的松树林里，这棵野柿子树显得如此突兀。野孩子一般，没人关心它的冷暖和饥饱，但幸运的是，没有人将它砍伐，它自由生长着，如同在一片稻田中的稗草。谁能想到它也有翻身的一天，等它结出满树的小灯笼的时候，所有人的态度，都由鄙夷变成了赞叹——啧啧，看啊，它多漂亮！

我曾经听到过有一个人说："那棵树好累啊。"他怎么会看出一棵树的累呢？难道是因为那棵树上结的果子太多吗？那棵树上落了太多的鸟儿？一轮落日或者月亮挂到了它的树梢上？好像是，又好像不是，最后的答案是，他是一个湖南人，口音很重，把"绿"念成了"累"。原来如此。我学着他的口音，朗诵着："我们的春天，好累啊。"

树木长出了绿色的翅膀，可是它们并不飞走，更多的时候，这翅膀更像是一种装饰。

纪伯伦说："树是大地写在空中的诗，我们把它们砍了做成纸，好来记录自己的空虚。"从一棵树开始，被砍伐，被压榨，成为一张纸，无数张纸被包装到不同的箱子里。

有的人用它们打印竞职发言稿，有的人用它们打印虚假广告单，有的人用它们打印撒网式情书，有的人用它们打印离婚协议书……

有人用手中的宣传单扇着风，用单薄的凉风驱赶一下热浪，有人则用它轰赶眼前飞来飞去的苍蝇。越是焦急，那热浪就越是滚烫，越是焦急，那苍蝇就越是狂躁，怎么轰也轰不走。

人们等待的那个人终于出现了，拿着厚厚一沓讲话稿，开始自顾自念了起来，空气里的热浪一下子又高了八度。

一个人要给孩子复印学习资料，他在装纸的时候，被割伤了。一个男人，竟然被一张纸割伤了，这多少有些令人感到意外。这个男人，永远看不到这张纸的愤怒。我更愿意相信，这是一棵树小小的复仇。

一些字和另一些字，离得很近，却永不相见。所有的新愁铺在一张白纸上，所有的旧恨在纸的另一面。一张纸，是它们的船，也是它们的海，是它们的家园，也是它们的天涯。我把这，也当成是一棵树，小小的复仇。

孙犁先生爱惜纸张，说爱惜还有些不太确切，应该是敬畏。他写文章或者书信，用纸是不讲究的，但若遇到好纸，笔墨就要拘束，深恐把纸糟蹋了。

　　我从不舍得用一张白纸为孩子叠飞机，一张纸，该写满字要写满字，该涂色要涂色，这就是它的圆满了。至于，在写满字或涂满色彩之后，又叠成飞机或者纸船，在空中飞行一圈，或去水里漂流一段，就是命运对它额外的恩赐了。

　　我习惯在稿纸上写作，别写废话，别无病呻吟，别矫情，写的字，要有光芒，要有悲悯之心，要有精气神。我想，这样对待一张纸，应该会得到一棵树小小的宽容吧。

　　写到动情处，我会流下泪水。眼泪是写作者的墨水。此刻，当我的眼泪滴落到稿纸上，我更愿意把它看成是露水，在滋润这张纸的前世——一棵幼小的树苗。而我若写出让人心向善向上向美的文字，那感觉就仿佛在一棵树上，结下了慈悲的果实。

穿过骨头抚摸你

所有对家的描述中，炊烟是最能抓住人心的。每次回家，都会离老远的地方就开始望自己家的烟囱，如果烟囱里冒着丝丝袅袅的炊烟，心顿时就暖了许多；如果没有炊烟冒出，心就会凉了半截。再近些的时候，如果屋子里的灯没有亮，一颗心就整个地掉进冰窟窿里去了。委屈地蹲在门口，像黑暗中等待火把的孩子，直到母亲回来了，家就温暖了。我们屁颠屁颠地围着母亲，不停地走动。破败的屋子里，仿佛每一个角落，都能蹿出腾腾的火苗子来。

我们是如此依赖着那种温暖。每一年，每一月，每一天，哪怕不在母亲身边，也要通过电话，向那边烤烤火。

我们如此幸福，被那层温暖紧紧地护着，却不知道，一团惊悸的冷风突然来袭，将我们的温暖撕扯得七零八落。母亲得了癌症,让我们慌乱。她的瘦弱让我们心疼不已。当白花花的霜露扣住秋的脑门,我迟迟不肯迈出门槛,迟迟不肯把寒冷的泪水用完。

现在,母亲依然会按时生火,按时做饭,生活没有一丝一毫的改变,好像生病的人不是她。她尽量不惊扰自己的生活,让它们依旧平静如初。尽量不让那些痛苦的涟漪撕扯她的幸福。可是母亲的手瘦了,母亲的眼神荒了。一切痛苦都一起向这个单薄的躯体压过来,母亲咬着牙,忍着一浪高过一浪的疼,和我们开着并不可笑的冷笑话,只为了不让我们那么难过。

母亲近在咫尺的时候,我们背着行囊去流浪;我们回来时,母亲却渐行渐远,生命开始了残酷的倒计时。

母亲早知道自己得的是绝症,坚决不肯做手术。她说她老了,多活一天少活一天没什么区别。可是我们不允许,母亲若不在了,我们的灵魂将无处停靠。拗不过我们一再苦苦哀求,母亲同意了。但母亲有个要求,那就是让我亲自来给她做这个手术。

给自己的亲人做手术,这是医生的大忌。因为他们在给自己的亲人做手术时,很难做到情绪平稳,这样很容易导致手术失败。

母亲却执拗得很,她说除了她的儿子,她不相信任何人。没办法，医院最后做了妥协，破例允许了母亲的请求。要知道，在这之前，我一直是主刀助手，尽管对各种手术都能应付得来，但以主刀身份给病人做手术还是第一次。没想到，第一次接受我手术的，竟然是自己的母亲。

拿着手术刀的手，开始不自觉地抖，因为我怕自己弄疼了母亲，忘记了她是打了麻药的。母亲的眼神里带着鼓励，温暖地看着我，示意我不要紧张。我拿捏着母亲的生命，而母亲，宁愿用自己的生命，换来对她儿子的一次鼓励。从小到大，母亲每时每刻都在鼓励我们，她对我们说得最多的一句话就是：你肯定行。母亲的这种教导方式使我们变得坚强，让我们的生命里多了一份韧性。

记得小时候，有一次母亲在割稻子的时候被镰刀割破了手臂，母亲回到家让我替她包扎。看到母亲鲜血如注的手臂，我顿时傻了眼，慌乱着不知所措。母亲温柔地看着我说，别怕，你肯定行的，来，替妈把伤口包上。我按照母亲的指示，替母亲清洗伤口，然后包扎，在母亲的鼓励下，我包扎的动作竟然很像那么回事。母亲打趣道，俺儿子日后没准会成为大医生呢！也就是从那时候起，我把医生看作是最伟大最神圣的职业，母亲的话也成了我日后报考医学院的原动力。

我开始变得镇静，手术刀娴熟地在母亲的身体里穿梭游走，我知道，那是我们的爱，正在穿过骨头，抚摸着母亲，就像母亲抚摸我们那样。

积满液体和苦痛的胸腔，是爱的城堡；一根根隐约可见的肋骨，是爱的森林。

慢慢地，母亲闭上眼睛，睡着了。而我则像一个纤夫，正在拼命地从死神手中，往回拉我的母亲。

母亲让我诞生，今天，在我的手术刀下，我要让母亲也重新诞生一次。

我行的，我肯定行！

白日烟火

鸣涛兄指给我看那些白日烟火的时候，我不以为然，那有什么好看的，在白昼的光里，一切都那么微不足道。他说，那就对了，这微弱的烟火，竟然敢于在白昼里和日光竞技，岂不是勇气可嘉吗？

"那也无异于蚍蜉撼树吧。"

"是有些不自量力的架势，但做着，总是聊胜于无。"

"做着，便聊胜于无。"这是令我猛醒的一句话。鸣涛兄投资失败，从一个成功人士沦落为负债累累的打工仔，按照他目前的收入，要还清全部的债务至少需要五百年，换成别人，多数破罐子破摔了，可是他没有逃避，日复一日地工作，精打细算，除去最基本的开销，每日里都可以偿还一点点债务。他在这个过程里，也在等待一个东山再起的机会。事实上，他真的等到了，尽管这听起来像电影里的故事。

按照他的说法就是——愚公每日移掉大山的几千万分之一，却孜孜不倦地做着。虽然这是神话，我们也不奢望去感动上天，但至少可以让命运的轨迹发生一点点微妙的变化。

这一点点微妙的变化，便足以给山穷水尽的你一个柳暗花明的路口。

瑞典导演罗伊·安德森执导的电影《你还活着》，看完令人回味无穷。瑞典小城里，有形形色色看似普通而又古怪的小城居民：天天神经质般叫嚷"没有人理解自己"的胖大妈，破坏别人宴席而被宣判坐电椅执行死刑的中年大叔，无时无刻不在念叨银行基金赔钱的怪男人，口不择言伤害对方的争吵夫妇，听了二十七年精神病人倾诉已经不堪重负的精神科医生，一个随时都会解散的业余乐团，敢于追求爱情哪怕只是梦境的女孩安娜……一段段看似毫无联系的生活片段，或荒诞滑稽或离经叛道，却共同讲述着人与人之间爱与被爱的幽默悲喜剧。其中，有一个片段特别感人：一个黄昏，一个打扮成摇滚歌手模样的小伙子坐在窗口弹吉他，屋里卧室的床上坐着一个穿白色婚纱的姑娘。窗户外面挤满了人，有人敲窗户，小伙子站起来打开窗，"噢……"人群一阵低呼。后面有人喊："新娘在哪儿呢？安娜在哪儿呢？"屋里新娘站起来，好奇地挤到窗前，"哇……"人群爆发出一阵欢呼。

这是女孩安娜的一个梦境，她到处寻找米可，期待与之重逢。于是做了这样一个温馨而神奇的梦，穿上了白色的婚纱，做蜜月旅行，等候欢迎的人们献上祝福。即便是超现实的白日梦，那也是美好得让观众想齐声鼓掌叫好。

安德森在影片最后营造这个梦境，是想告诉我们，即便眼前的生活如何不堪，也请知足吧。毕竟，我们还可以有梦。

这白日里的梦，亦如白日烟火，有这个梦温暖着，总会抵御一些寒凉。

某一天，我又一次看到白日烟火。好像是某个饭店开张，热闹而喧嚣，可是却无人看得见烟花的美，那是隐于白日的绚烂。烟火的蓝错过了黑夜的背景，便不易被察觉出来，这多少令人感到可惜，就好比在错的时辰爱上了某人——没有天时和地利的爱，终是无法得到世人的祝福，暗自绽放，又暗自凋零，在时光里黯然失色。但做着，便聊胜于无。

白日里，我们正大光明地把爱说出来，正大光明地行走，携带着毛茸茸的影子。阳光给了我们多么大的底气啊，它灌输给我们力量和"钙"，也灌输给我们公平和爱。没有暧昧，没有猫腻，阳光可以杀菌，藏污纳垢的地方也可以被清洗干净。我的白日，见证我的清白。我的烟火，见证我的执着。

第三辑

灵魂的眼帘之下

漫游者

我在清晨见到的第一个人，穿戴整齐，神秘莫测，有一点神的轮廓。我怀揣崇敬之心，从他身边悄然走过。

天空还没有大亮，几种不同的鸟声，齐心合力地扯起雾的薄纱，替换掉夜的黑幕。我在清晨见到的第一个人，向一个大的垃圾箱靠近，并把自己的上半身，整个扔了进去，如盗墓者一般贪婪。神的轮廓渐渐消散。

除了纸壳、易拉罐和矿泉水瓶子以外，我看到他捡起一双鞋子，抖了抖上面的尘灰，和自己的脚，比了一下大小，然后收入囊中。我看清了，那是我刚刚扔掉的，还不算太旧的皮鞋。这猛然让我想到了母亲，一次次检查和筛选我要扔掉的旧物，最后总是有三分之二多，又固执地留了下来。

今天的雾气很重，尽管阳光已隐隐露出头来，不停地催促，可是它们或许太过眷恋这个早晨，一时半会儿还没有散去的打算。我在早晨遇见的第一个人，是个拾荒者，他已经先入为主，掏空了十二个垃圾箱。此刻，他扛起大大的袋子，一头钻进生活的大雾。神的轮廓，再一次慢慢显现。

在雾里，记忆中的一些事，张牙舞爪地爬过来。

作为拾荒者的母亲，也曾这样把垃圾箱作为宝藏一般翻来翻去，她的身形在大雾里隐藏得很深，却依然散发光芒。我知道，这么多年，我是赖以那些光芒，在困顿迷茫的生活里一次次闯关。

有一次，母亲捡到一双运动鞋，虽然旧了点儿，但哪儿都没坏。她高兴地捧回家，往我脚上套，刚套上就被我一脚踢了出去，正好打在母亲的嘴角，由于用力过猛，母亲的嘴角有血流出来。我心底疼了一下，但更多的还是气愤——央求她好多次了，要买双运动鞋，结果在垃圾箱给我捡回来一双，也不怕我染了别人的脚气！

母亲擦了擦嘴角的血迹，并没有生气，反而笑呵呵地说："三儿，先穿着，妈答应给你买新的，就保准儿买。"

没几天，母亲真的把一双白得耀眼的运动鞋举到我眼前，晃得我有些睁不开眼睛，以至于不敢相信这是真的——母亲竟然真的给我买了一双价格不菲的鞋子！

我穿着那双鞋子，跑遍学校操场的每一个角落，鞋子上沾满了青草和阳光的味道，也沾满了贫穷和辛酸的味道——为了这双新鞋子，母亲需要捡3000个矿泉水瓶。

那天，起风了。母亲灰色的头发在风里凌乱着。我那欲盖弥彰的虚荣，终究还是露了尾巴。我以为生活的大雾，可以让我深藏不露，但是风，终究还是把它吹散，把我剥得精光。以至于多年以后，每每想起这双运动鞋，以及母亲嘴角的血迹，都会令我愧疚得打起冷战。

风的每一次吹来，于我，都是一种鞭打。

雾是谜团，风是真相。风穿梭于夜，那亦是喧嚣的假象。即便霓虹灯再怎样闪烁，大排档再怎么吵闹，只要婴儿的一声啼哭，那一切喧嚣，便都退居幕后。

有多久，没让风吹遍全身了？

你居住的街，是风居住的街，风是清扫工、巡夜员，也是漫游者、敲钟人。有它在，还提什么孤寂。

一张百元钞票，在风的作用下，刮到艺术品拍卖现场一件艺术品的身边。这真是具有讽刺意味，它混于其中，被人嗤之以鼻——如此高尚纯洁的艺术品旁边，怎能放置这般庸俗之物？

又一阵风将它吹落于地，刚刚嗤之以鼻的人，几乎同时弯腰，争抢着将它放进各自的口袋。他们并不以此为耻，他们说，既然你们选择了拍卖艺术，就得允许我们捡拾庸俗。

当我看到一双干净的眼，迷雾便散去，真相就直抵了人心。

我们听惯了太多的鸟语，闻到了太多的花香，是否该领略一下肃杀的西北风呢，里面夹杂着砂粒的那种，容易迷了眼睛的那种风沙。

雨落平川，雪盖大地，一切都在取悦人间，唯有这不懂谄媚的风，会把热的吹凉，也会把火吹得更旺。

众人编织出谎言的大雾。谎言的狂欢，终究抵不过一次绚烂的日出，真正带给你温暖的，只有光。所以，别指望着去一场大雾里取暖。

当然，也有例外。卡夫卡在去世的前一年，外出散步时，他遇到一个小女孩，她正在为丢失了洋娃娃而伤心哭泣。卡夫卡马上编了一个故事："你的洋娃娃旅行去了，她还托我捎封信给你呢，只是我忘记带了。"为了让小女孩相信他的话，卡夫卡连续三个星期每天用洋娃娃的口气给小女孩写信。

你说，当小女孩长大后，会因为卡夫卡编造的这个谎言而抱怨他吗？

我想即便有一天，风吹开她心头的迷雾，她依然会感激他，让一颗心得以浸泡在童话里，那是成千上万个洋娃娃抱在一起也无法积聚的温暖。

在这人间，总有爱我们的人和恨我们的人。恨，总有了断的一天；爱，却循环反复。所以，不管爱恨，都让风去吹散它们吧。用一根头发，牵动一朵云、一群羊，让它们在天上和草原，漫游。

作为漫游者的风，正在用它的软刀子，慢慢剔掉迷惑生活的大雾。还人间以真相，以疼痛感，以力量。

我愿意相信，风是可以发光的。而世间能发光的，皆为漫游者。

漫游者，我愿与你并列而行，你慢，我也慢，你快，我也快。你若莲步轻移，我便蜗牛慢行；你若纵横驰骋，我便鹰击长空。

散步的人转过身来，天已经黑了。路灯还要等一会儿才亮。而我愿意流出更多的血，换这个尘世的半两灯油，不为取暖，不为照彻，只为一次小小的指引。

最美好的诗

年过五十,精力越发不济,我从心底感悟到——眉头的风痕、指尖的冰冷和心上明明灭灭的烟火,才是一辈子最美好的诗!

活着,便是最美好的诗。有什么比活着本身更精彩和曲折的呢?卖报人一路小跑,追赶着被风吹走的报纸;蹲在街角抽烟的人,一根抽完,又续上一根;神情恍惚的,独自荡秋千的女子,依靠一点惯性缓缓悠荡;收废品的老人坐在三轮车上,开始享用冰凉的午餐;流浪汉在公园长椅上午睡,他的短暂梦想就是先做个梦,再去流浪;樱花盛开的午后,我闭上眼睛,不想因为视觉分散一点这个好时节里的香。

总有人在途中奔跑,抑或南辕北辙,也总有人偏安一隅，不问世事，卸下肩头的香火和心底的金银。在一个慵懒的下午，我仿佛看见勤劳的蚂蚁在打哈欠。

日渐消逝的事物有种特别的美感，比如夕阳，即将逝去的那一刻异常惊心动魄。你抽了我的一根烟，留下盛夏的灰烬；我喝了你的一杯茶，带走初秋的余温。活着就好，即便你在与岁月的豪赌里输掉一切，你还有日月，星光和火。

步入一个婉约之境，我委托一只画眉鸟，替我问候这里的每一棵灌木，并搜集落在上面的"星星"。我又和一只兔子商量能不能只吃草，放过我发现的那几朵小野花。

烧一壶水很容易，拧开水龙头，把水壶灌满水，插上电源，三五分钟后，水就烧开了。这时，你却尴尬地发现，要把水喝进肚子里，还需要一点时间，即使在冬天。尤其是口渴的时候，你会觉得把水放凉，远比把水烧开的时间长。这是我们经常忽略的事——生活，不仅是要把一壶冷水烧开，还要等一杯开水冷却。

最近，妻子总是叮嘱我，东西不要乱放，那样的话，人会不舒服，物品也会不舒服。她还说，要学会与物品说话。清理家居时，要对扔掉的物品说声"对不起"，对留下的物品说声"谢谢"。此刻，妻子正熨烫着刚刚洗好的衣服，那认真的样子，在我看来，她是在安抚衣服上的那些褶皱。

　　妻子有一只花瓶，她甚是喜爱，那是有一次去景德镇，她一眼看中，千里迢迢带回来的。花瓶有着优雅的小腰身、精致的蓝，似被江南烟雨笼罩着。但是，我只看见她换水，却从不见她往花瓶里装花。面对我的疑问，她神秘兮兮地说："这花瓶里养着花的魂魄。"真是妙极！我看着那个无花的花瓶，恍惚间竟觉得有芬芳散开。

　　活着，我并不需要过多的氧气。我是说，假如氧气可以存储，我要留给暮年呼吸急促的时候，延缓一下我的生命。还有几行诗没有写完，还有几件事没有交代，我要用它，把生命绑在床沿。我要等到亲爱的事物，聚拢在身边，包括那只眼睛看不见东西的猫，以及那盆奄奄一息的铃兰。

　　我们在尘世活着，时而闪烁，时而消隐，不问来与去。聚散两依依。那是久远的事情，令我伤感得无以复加。还是回到眼前，回到小小的居所吧。我想起诗人灯灯的疑问："我为什么不能把厨房当作一个天地，客堂当作另一个天地？我为什么在书房轻轻一跃，就跃入丛林、深山，发现荒径之美？"

　　打开窗帘，月光倾泻进来，仿佛得到了某种许可，将我从头到脚亲了一遍。夜里无事，只有风挠了几下窗子，无人应声,便知趣地溜走。夜里无事,只有月亮在树枝上,荡了一会儿秋千,便钻入云朵里睡觉去了。夜里无事,只有猫叫了三声:一声孤寂,一声清苦,一声藏着对爱情的期许。夜里无事,只有你鼾声如雷,翻了一次身,看见我在写诗,说了一句:"晚安,亲爱的!"窗外的晨雾,便慢慢涂满了人间。

混为一谈

这个秋天，涌出了比以往任何一个秋天都要多的落叶。落叶越多，生活越踏实。而阳光的碎屑，正在与落叶和尘土混为一谈。

枫叶红得肆无忌惮，反而显得那湖水更为内敛。湖水克制着自己的蓝，从不与天空的蓝作比较，它们各自蓝着，各自酿着各自的心事。

鸟飞着飞着就不见了，这没啥好伤感的，一只鸟不见了，总还有另外的鸟飞过来。而且凭你的肉眼，根本看不出，这是不是刚刚飞走的那一只。

所有的麻雀，是一只麻雀。

男人许诺要给他的女人一个世界的黄金，最后，却只给了她一根琴弦。女人亦喜亦悲。喜的时候，男人在那琴弦上为她弹出缤纷的音符；悲的时候，她就用这根最细的丝，割断喉咙。爱和恨，混为一谈。

村上春树讲过一个关于信仰素食主义的猫的故事：老鼠遇到一只大公猫，害怕得要死，猫说别担心我吃素，老鼠松了一口气，没想到仍然被猫一口咬住。面对老鼠的疑惑，猫说我没说谎，的确不吃肉，但要用你换生菜吃。自圆其说的猫，像不像你身边的某些人？

我紧闭门窗。灰尘张牙舞爪，爬上我的窗台，妄图挠碎玻璃，闯进屋来。拒绝尘灰，也拒绝了清新的那一缕风。

一只鸟，在岸边欣赏自己水中的影像，这时，一尾鱼游过，它迅疾出击，那水中溃散的影子，提醒着一只鸟——来自食物的诱惑，终究还是高于孤芳自赏的冷傲。

一只山羊出生时，就长满苍老的胡须，总是一副阅尽世事的智者模样。对持刀面向自己的屠夫，它从不挣扎，而是发出慈悲的哀鸣。

一个伪道士，一手握着经书，一手在烤炙鸽子。

执行队长问一个即将被执行枪决的罪犯，还有什么要求。罪犯说，来一件防弹衣。

一个果农最完美的梦想大概是——在树上结出硕果，在树下挖出金子。

如今和以往有了很大的不同，很多东西无法辨认。你永远不知道女子高高挺起的胸脯里，到底藏着多少硅胶，也永远无法透过滤镜猜测到她的年龄，已婚还是未婚。

如果懂得思辨，任何事物似乎都可以连在一起。哪怕是玫瑰和煎饺。

形容猥琐者，不敢去那修竹旁拍照，他们只能选择一块巨大的丑石做背景，这样，显得他们多少还算周正些。

"嗨！这花真漂亮，像假的一样。"什么时候开始，假的被当成一种赞赏的标杆了。朋友非说我的虎皮兰是假的，在夜晚的灯光照耀下，虎皮兰碧玉妆成一般。朋友眯缝着眼仔细瞧，还是不能相信它是真的。难道真的最佳状态是假？真的有缺点，金无赤金，真无完美，假的在制造过程中避开所有缺陷，若是假的变坏了，反而像真的。我们也迷惑过，在高档酒店、会所，看到好看的植物，总是忍不住伸手摸一把，恨不得用指甲掐，掐出水分鉴别真假。

美和丑怎样去分辨？一个城里姑娘在饭店吃饭，若是有饭菜掉到桌子上，她去夹起来吃掉，会认为是不雅。可是一个乡下姑娘，经常把掉到地上的干粮捡起来，吹一吹上面的尘灰就吃掉，这被看成是率真。

年轻时，在公交车上给人让座是常态，可是现在，为了不给人让座，我把腰弯了又弯，尽量显得更衰老些。

　　一只笼子里的公鸡，卖力地打鸣儿，唤醒了屠夫，屠夫提着一把刀，把它宰掉。

　　死去的人，就算你再爱，他也没有了生命特征。他的尸体也必存放于停尸房，而那里的床，都是再简单不过的板条，甚至是冰凉的铁架。无论如何，你也不可能为他换一张席梦思床垫，再添一床被子。

　　人间有一条看不见的灯绳，那是月亮的开关。我相信这灯绳是一定存在的，不然为何有那么多守护者？熬夜的鹰，端坐的佛，以及失眠的人。

　　烟火的尾巴，不是彩虹。请不要混为一谈。

　　雕像生锈了，那是时光锈迹斑斑。请不要混为一谈。

　　翻捡垃圾的老人，并非城市的污点。请不要混为一谈。

　　不是我醉了，是这世界摇摇晃晃；不是我哭了，是这人间涕泣涟涟——请不要混为一谈。

节 奏

为什么下山比上山快？因为上山是为了看山顶上的风景，既已看遍，心中便没了欲望，身体就轻了。上山有上山的节奏，下山有下山的节奏，犹如一呼、一吸。

一个人，总该有自己的节奏。该快的时候，如脱兔；该慢的时候，如反刍。豪气干云时，借几碗烈酒抒怀；柔肠百转时，听两曲松风灌顶。

妻子想尽了办法减肥，折腾好长时间不见掉一两肉。我说，胖就胖吧，我就喜欢你胖乎乎的食指，在读我写给你的诗的时候，一行一行地指着，仿佛在给春天和爱情引路。

从前我只爱我自己，后来我爱上了你。爱上你之前，我102斤，爱上你之后，我182斤。我知道，是我把80斤的你嵌入了我的身体。爱帮了我一个大忙，让我彻底忘却孤独的滋味。

原来，摆脱孤独，只需抱住另外一个，80斤的自己。

那时，你的体重很轻，但我们的爱情从来都不是轻飘飘的。时至今日，你的体重，已经暴涨到了两个80斤。抱住一个80斤的自己，可以摆脱孤独；抱住两个80斤的自己，岂不是要彻夜狂欢嘛！于是乎，任脂肪蔓延，死猪不怕开水烫，爱咋咋地，谁也不能阻挡两个胖子嗨皮的节奏。

卡夫卡有过一段描述：一辆载着三个男人的农家马车在黑暗中正在一个坡道上缓缓行驶。一个陌生人迎面走来，向他们喊叫。交换了几句话后，他们明白了，他是想要搭车。人们给他腾出一个地方，把他拽了上来。车行了一段后，人们才问他："你是从对面那个方向来的，现在又坐车回去？""是的，"陌生人说，"我先是朝你们这个方向走的，但后来又掉了头，因为天黑得比我估计的要早。"

这是懂得回头的智慧！我想，这就是他的节奏，适当改变一下路线，以应现实之需。

这让我想到一个搞笑的小视频，一只乌龟在跑步机上缓慢爬着，跑步机开始加速，小乌龟竟然跑了起来，四肢如飞！

　　许多人把乌龟当成励志的对象，环境会改变一个人，当巨大的压力袭来的时候，人是会被激发出无限潜能的。而我的看法相反，谁说非要跑上去才是成功呢？我认为乌龟一开始就选错了方向，如果它掉过来头，在跑步机没有加速的时候，就可以安然走下跑步机。低处一样有我们喜慕的花香。

　　这固然不是一碗励志鸡汤，却是我的人生节奏。

　　多少人的生活，像失联的航班，消失于芸芸众生。唯有一只黑匣子，记录了你的名字、生平以及梦想。很多人失去方向，更多的人失去节奏。节奏是日子里的呼吸，是美妙的音符。

　　看过一个外国人写的书，叫《生命的节奏》，是科学性质的书，具体阐明了"生物钟"的科学特征。为什么心脏病早晨发作的人比较多？蜜蜂是如何辨别时间的？驯鹿是怎样知道何时该迁徙的？为什么小孩子早上不容易醒来？为什么我们会觉得自己有时像猫头鹰一样夜间兴奋，有时又像云雀一样清晨活跃？原因就在于生物钟。

　　尽管纷繁的尘世生活掩盖了我们体内的这一生理节奏，可是它们仍然发挥着巨大作用。它们主导着我们的生活模式——何时作息、何时处于巅峰或低谷。

我们要尊重体内的这座钟，它时刻提醒着我们，如何使我们的生命具有节奏感和韵律美。

人生也有这样一座生物钟，它时刻提醒着我们，不可透支自己的健康和良知，去贪取更多不属于你的东西。

诗人雷平阳说："看路上飞奔穿梭的车辆，替我复述我一生高速奔波的苦楚。"奔波已苦，高速奔波，更是苦不堪言，这个参照物找得相当贴切。我们习惯了在朋友圈晒自己又去了一次远方，又登了一次高处，好像所有的风景都在远方，都在高处，仿佛生命的意义，就在于看谁站得更高，走得更远，这似乎已成了"有出息"的隐含意义。

一生忙忙碌碌，走过很多地方，走了很远的路，可是细细想来，无非是在另一个地方，另一条路上，踩着自己走来走去。

总有人劝你去见更大的世面，其实，量力而行，方圆三公里，走走停停，吃一碗牛肉拉面，也挺舒服。你的节奏，不需要别人来带。

我一生的节奏，便是顺其自然，知足常乐。我要感谢，最先替我老去，并被我拔掉的白发。我要感谢，最后一根，替我保留希望的黑发。我要感谢自己，从过去走来，向未来走去，成为渡己的佛。

我听到了叶子的尖叫

没有一丝风,没有。而我却听到了叶子的尖叫。

那尖叫里带着对生命的谐谑,带着对往事的深深眷念。那尖叫被一只慢慢蠕动的小虫驮着,缓慢爬行。那尖叫随着阳光下的一滴露水,被慢慢蒸发。

我似乎看到它探着小脑袋,好奇地张望着这个世界,每一寸阳光都令它欢欣鼓舞,每一丝风都令它手舞足蹈。尖叫的,还有与它对应着的一双好奇的眼睛。那双眼睛始终在探寻,包括叶子的每一个纹路,似乎要循着这个痕迹窥探到它的前世呢!

那尖叫里也有无奈,因为那些无法抵挡的灰尘。

但灰尘是不可避免的。灰尘是日子的润滑剂,让生活不停地向前滚动。

叶子，那么安然地镶嵌在我的玻璃框里，与我互相守望，它也有睡眼蒙眬的时刻呢，除了尖叫，我一样听得到它微微响起的鼾声。

每每看到树，我总是习惯去抱抱它，闻闻它的叶子。还记得少年的自己做过这样的一个梦：拥有一家只在夏天开放的超市，24小时营业，而且一定是在大树旁，因为喜欢超市在巨大树木旁的气息。坐在二楼的厅堂里，裸着足，透过亮净的窗玻璃，望着窗外摇曳的树叶，心里定是十分安谧的。

对叶子的感情，怕是从这个梦开始的吧。

小时候，你也喜欢用叶子做书签吧。在叶子上面写一些美丽而年轻的句子，写一些对某个人朦胧的爱意，像梅花鹿的蹄子一样，迈着年轻时代的小碎步，把一份若隐若现的情思透露给叶子。

坚信了叶子的守口如瓶，不会泄露你的半点幽怨。只是，当它已成残骸，在你的书页间渐渐失去体温的时候，你感觉到它的微凉了吗？

许多年以后，你和那喜欢的人再度相遇，人世沧桑，各自都已变化太多。你把书页里那些风干的叶子拿给那个人看，你说："看，曾经有一场暗恋美丽了这枚叶子。"她黯然："一颗心为什么要等到现在才打开？"

是啊，为什么要等到现在才打开？不得不承认，在叶子面前，我是一个胆怯如鼠、微渺如蚁的人。不光是感情，在面临令人措手不及的无常人世时，我常常会逃走，留下一克拉的恐惧。

还好，夜是我的，它可以为我疗好白天受到的伤害。在氤氲的灯光下，在酒精的环抱里，尽情挥霍着所剩无几的青春。我可以无比炫耀地说，在夜里，我是一个如鱼得水的精灵。但是，当那个早晨温柔的阳光将我摇醒的时候，我看到了阳台上那盆水仙的叶子，一滴酣睡的露水正在慢慢醒来，顺着叶子的尾翼向下滑去。我被这无比生动的场景感染着，第一次感觉到，无数个妖娆的午夜和余香未尽的凌晨，都抵不过这一个优雅的早上。

多久了，只感到被生活推着向前走，没有力量后退，更无法重来。

兴奋还未褪去，心已经空荡。聚会、应酬，生旦净末、嬉笑怒骂，人前流露豪爽的性情，站在空空的屋子里时，却只影孑然。指尖的烟，明明灭灭，一圈一圈，皆为寂寞。

忽然，有了一种危机感，感觉到时光的残酷，它已经不知不觉地把你赶到了青春的边沿。我觉得自己越来越像一片空中飘落的枯叶，无奈，苍凉，却努力以最优美的姿势飞落如蝶。但我亦深知，叶子最后的舞蹈里，不再有尖叫，换成了一种如释重负的欢畅的吟咏。

这一点，我当学叶子。

对时间变得模糊，对人情变得陌生，对世界变得虚无……一年一年，就这样随波逐流地过去了。有人，曾到过我的窗外，或者曾想要问我，为什么这样生活吗？

杂乱的风景来去匆匆，人，太寂寥，容易让一些无关的东西混进记忆。

每天从钢筋水泥的城市中穿过，偶尔也见到一些"大自然"的东西。比如花市里的花，离开温室会很快地次第死去；比如染上五颜六色毛茸茸的小鸡，被当作安全又廉价的孩子的玩具；比如空中巨大但呆滞的鸟儿，其实那只是风筝……

真实的，亲切的，怕是只有这在早晨尖叫的叶子了。

人，很多时候做不到如叶子般洒脱。绿的时候，恣意妖娆地登场；黄的时候，了无牵挂地谢幕，绝无半点黯然销魂之意。

我当努力使自己成为那样一片叶子。

没有一丝风，没有。而我却听到了叶子的尖叫。

稳 住

把清晨的露珠稳住。把忧郁的诗和流水般的琴声稳住。把春天稳住。把幸运的额头稳住。把梦里的平静稳住。

稳住天空，不让一片云朵心急奔跑；稳住星河，尽量不让一颗星星走丢；稳住草原，不让一匹马奔向悬崖；稳住犁铧，不让一头牛浪费一丝气力。

稳住墙头的红杏和墙角的蟋蟀，稳住撞了南墙的风，稳住远处庄严的经幡和近处凌乱的衣衫，稳住这摇摇晃晃的人间。

在雪地上写字的人，在夜里奔跑的人，为流浪猫投食的人，为流浪汉让出长椅的人，为断翅之蝶哭泣的人……是这些人，稳住了人类心灵的星座。

由于生活有太多的不确定,人们愈加需要一些牢固的事情,让自己在宇宙洪流中找到稳定的位置,以安顿身心。

看水面,平静时,月亮完美地被倒映出来。水面动荡时,月亮的倒影就破碎了。这亦如我们的思想,思想动摇了,就看不到最真实的世界。诗人高鹏程说:"稳住我们生活的,不是船舱里满仓的渔获,也不是空舱时的压舱石,而是一只深埋在淤泥里的锈迹斑斑的锚。"生活动荡,需放下一个锚,才会稳住。这个锚,我们命名为隐忍。

去藏区旅游的时候,开车路过一些村子,总能看见路边有很多藏区的孩子向我们举手行礼,后来才知道,因为老师告诉他们,外来游客促进了藏区的经济发展,也为他们创造了上学受教育的条件,所以表示欢迎和敬意——我们稳住了他们的生活。

稳住一棵桂花树,团圆一次,桂花就落一回;稳住一朵蜡梅花,绝望一回,就抖落一点光。

稳住少女的笑容,不让她的睫毛下漏雨。

稳住水,让它立起来就是瀑布,藏起来就是深泉。

稳住时光里,我们一起种植的,金色的睡莲。

稳住一株向日葵,让它给你启发,让你对这人间始终保有最热烈的向往。

稳住一盏马灯，背对喧哗，独守夜的寂寞，照见那些从我生命中走失的人。

稳住一场雪，帮着天空扯下一块巨大的白布，把一些事物掩藏。

稳住一场雨，告诉所有人，那是上天搜集的人间的眼泪，再倾倒给人间。

稳住那本最爱的书，哪怕翻过了最后一页，也要放在枕边。

稳住孤独，一个人啊，越是孤独，越是容易将天地万物包容。

稳住一个真相，让黑暗无处躲藏。

稳住糖。"嘴巴里含块儿糖，去苦海里游一番吧。"祖母曾经这样和我说。而一个恋爱中的女孩子更是和糖脱离不了干系，她的欢喜是遮掩不住的。爱人给了她一颗糖，她却想着把甜蜜的味道撒满世界。

稳住盐。命中的为数不多的盐，一部分撒给生活，保证其在空虚里，有一些味道。另一部分藏于眼底，暗中推着一颗眼泪，向着心底的大海，一寸一寸涌动、爬行。盐，就是如此神奇之物，它是被生活的烟火熬制出的神秘晶体，可以让一棵白菜脱胎换骨，可以让一个土豆意味深长。盐不及糖，给予你宠爱，但是盐能给的，糖同样无法给予。盐，可以让我学会坚强，把疼痛坚持成闪电。

稳住羽毛。翅膀上的任何一根羽毛，都不能被省略，生活、梦想、欲望……要飞的地方太多。

稳住一间老屋，一把旧锁便锁住了它的心脏。

稳住一面镜子，尽管再多的镜子，也照不见一个虚无的人。一个绝望的人，一个刻意躲藏的人。

稳住蔬菜，让它们循规蹈矩，严格按照时令去生长。冬天，就是要储藏大白菜、萝卜和土豆的啊。反季的菜里，缺了那种被夏天的阳光照耀过的味道，臃肿的茄子看着很陌生，青椒没有一丁点辣的味道，或者说，它偏离了辣的方向。什么时节就吃什么时节的菜，这样活着才有奔头，日子因为有了奔头才有了光亮。

稳住生活的大风，牢牢拽住生活的四个角，家人、朋友、爱人和自己。

稳住你的领地，像一个淳朴的农民，一心一意把自己的一亩三分地种好。不能辜负了大地的肥沃、时间的宽容以及雨水的慷慨。

稳住一架无人抚摸的梯子，让我够到头顶以上的风。可是这世间，还有多少地方，是人类的梯子够不到的啊？

稳住内心那座巨大的庄园，积攒一粒粒萤火虫，把它们变成那庄园里的一盏盏灯。光芒从来都不是一下子在人身上闪现的，光芒，需要我们一点一点去积攒。像那个拾荒的老人，一点一点，积攒活下去的火苗。

前半生颠沛流离，那就稳住余生，把它泡成一壶茶，温润身心。

稳住一颗心，莫让其迷乱，走失在撒哈拉的周遭；稳住一颗心，莫让其冰冻，漂浮在北冰洋的岸边。

灵魂的眼帘之下

一个人不停地强调自己说的话是真的,那么多半就是假的。同样,当一个善变的人口中说出"永远"二字,那么就离"永远"越来越远了。

人真的很奇怪,明明知道对自己有害的,还是会一直去做。比如吸烟,明明知道那是一种毒,却甘愿沉溺其中;比如谎言,明明知道那是一坨屎,却依然敞开怀抱;比如孤独,明明知道那是一种疼,却始终如影随行。

如果人生有黑洞,那么造成这个黑洞的,并非你的无知和愚蠢,而是你的欲望。欲望的厮杀,比古罗马的斗兽场还惨烈。此刻,欲望正带着你疾驰,请你学会控制它,要时刻检查它的刹车是否失灵。

有时候,世界很美,每一步都值得流连;有时候,世界很脏，每走一步都想擦一下鞋底。

很多人都认为失败会让一个人失去人性，其实恰恰相反，成功才会让一个人原形毕露。

有一种人，他们宁愿得不到你的施舍，也希望你跌落神坛。这就是人性。

你犯下的罪，并非只是你的伤口，更是无底的黑洞。你的忏悔来得太晚，也未免太轻了些。你若是连衣服上的灰都掸不掉，还谈什么心上的尘垢。

中年的腰身弯下去，灵魂却如同穿上了内增高的鞋子，可以俯瞰越来越多的事物，包括爱恨，包括情仇，琐碎的与伟大的，皆在灵魂的眼帘之下，清晰地呈现。

杨绛先生说悔："人在回想以前的生活时，便能意识到自己哪里做错了，这并不仅仅是因为当时年幼无知而现在成长了有所意识，还有一些别的原因，诸如被自己的欲望私心虚荣等蒙蔽了自己的良心，待这些东西得到满足或者发泄之后，良心便显露出来，人也意识到自己做的不对，只是追悔莫及了。"

公交车打着盹儿，运送人们从城市的炕头到炕梢；私家车却毛躁得很，打嗝放屁，火烧屁股一般，疾驰而过。

我一边讴歌着母爱，一边忽略了母亲在黑暗里的挣扎。

个子矮的人，一边踮起脚尖去够一棵树的果，一边把手机举过头顶，对身边的事物进行"航拍"。看吧，人们总是习惯于对不擅长之事趋之若鹜。

　　太阳出来的那一刻，便是喧嚣的。哪怕世间无一点声响，白昼本身，便是一种喧嚣，而夜里，即便绽放了满天烟花，也被认为是静谧的。

　　人心喧哗，再静的白日也熙熙攘攘。而此刻，隔壁装修师傅的电钻，正在给清晨的耳膜用刑。

　　如果岁月肯为我号脉，它一定会告诉我，还需要服下一味叫"静"的中药。我们隔不开喧嚣，就给心灵装上消声器，它是你竖起的玻璃墙，不拒绝阳光，却可以挡八卦的风、恶俗的雨。

　　恶本身并不可怕，可怕的是那个打开牢笼的人。当某一天，你将自己灵魂里尘封着的野兽释放出来，那才是真正疯狂的时刻。

　　人总是喜欢去探究星球上任何一种生物，但是却忽略了自身。人类本身才是最难解开的谜团。

　　"太阳，为什么你照耀着这个世界，却唯独对我不理不睬？"

　　"孩子，你躲在角落里，我照不到你啊。"

我在小镇等你

我居住在小镇，很安静的小镇。像草一样自由自在，不在乎别人怎么看我。当一群草不修边幅的时候，有人会嘲笑那里的荒芜。可若是那里寸草不生，那些人就会怀念起这些草来，哪怕它们邋遢不堪。而更令我感念的，是一株抱恙的艾草，用自己的疼痛，为人间换来一炷止疼的艾柱。我想以此来表达我的写作——偏安一隅，要记住那些卑微的事物，并替它们写出疼痛和泪水；偏安一隅，要像太阳那样公平，把温暖平均分给每一个日子。

对于世界的辽阔，我居于小镇，便是偏安一隅的舒适。并非没有征服世界的雄心，只是闯着闯着就迷了途，而后知返归来。现实的栅栏是一种围困，也是一种引领和保护，若冲破栅栏，你将获得自由，但同时也将失去护佑。你肯，还是不肯。

我并不认为居于这经济落后的小镇就是一种自甘堕落、自暴自弃，相反，我把这种回归看成是自己的又一次出发，只是，由闯荡世界变成了向心底探幽。

优秀的舞者仿佛生着翅膀。但真正伟大的舞者，却是戴着镣铐的，为着一份向往而竭力挣扎，才是最美的姿态。安于小镇，却又向着世界伸长脖颈，在灵魂的舞台上，这像不像戴着镣铐的舞者？

傍晚的阳台上，有风，有猫，有鸽子。风偶尔路过，打个招呼。猫，对于幸福总是得寸进尺的。在你怀里拱来拱去，巴不得拱到身体里去。这就好比，在一碗甜羹里，再一次倒入蜂蜜。一只鸽子的愿望，无非就是天空干净；一个人的愿望，无非就是尘世安宁。

我看到十字路口，有人在为死者烧纸钱。一边烧一边念念有词，无非是一些祈求之语。死去的人，稀里糊涂就成了神，可以护佑活着的人升官发财，万事大吉，一顺百顺。与此同时，妇幼保健医院里，一位产妇撕心裂肺地喊叫着，她用喊声拉拽着肚子里的小生命，直到那声啼哭，与她做了最终的回应。那是关于生命的回声，人之初，皆是哭。

小巷子里，情窦初开的少年，终于向心中的女孩表白,女孩的一声"嗯",将他推往幸福的天堂。待女孩红着脸跑开后,他才落回地面。他想大声喊出心爱的人的名字,但他没有,他只是踢着一粒小石子,那粒小石子蹦蹦跳跳地,跟着他回了家。

偏安一隅,亦可欣赏到圣托里尼的落日、直布罗陀海峡的桥。我将一本书合上,像一个酒足饭饱的食客,并没有立刻起身离开,而是坐在那里漫不经心地回味着,好像在等着店家赠送的饭后甜品,以及递过来的几根牙签。想想看,这份闲适若是没有孕育出大学问来,真是该当责罚。

电影《桃姐》里有一句台词:"我们经历的磨难,是为了能够让我们更好地安慰别人。"所以,作为一个磨难中人,我把人间的苦难写进文章里,便如同我拥抱了你,用这样的方式进入你的苦难。偏安一隅,并非避世,我在用我的文字,一遍一遍地祈祷,并以悲悯丈量人间。我坚信,生命是一场华丽的修行,在救赎别人的同时,也在救赎自己。

偏安一隅,亦离不开大雅大俗之事,看一朵云的无常变化,也看两只土狗的交配;听风从一些事物的缝隙间穿过而发出的天籁之音,也听一只野猫的叫春;写写诗歌,也听听八卦。

我非卧龙，偏安一隅，不为他人三顾，只为自己，可任意地伸懒腰，无羁地大声朗读我喜欢的诗句。在这里，用最古老的方式，种菜浇园。在这里，做一只懂得"忙里偷闲"的鸟，即便林子里有吃不完的东西，也会抽出一点时间，去枝头上唱会儿歌。

死后，我的坟墓也要偏安一隅。我对后人说，埋我的地方一定要有一棵树，因为你们来的时候，我的魂魄可以扶着它爬起来。我没有多余的力气了，所有的力气都耗尽在尘世，可是我不想永久地躺着，我还是想挣扎着起身，触碰一下亲人的呼吸。

偏安一隅，不占多余的一寸土地，不贪多余的一缕阳光，容身即可，暖心便好。我在小镇等你，春天你若来，我会领你去看漫山的迎春花；冬天你若来，先到我的书房喝杯热茶，外面雪大风紧，暂且到我的诗里，避一避。

守脑如玉

一天，苏格拉底上课时，从短袍中掏出一个苹果："大家集中精力，嗅闻空气中的气味。"然后，他回到讲台，举着苹果问："哪位同学闻到了苹果的味道？"

几位同学回答："我闻到了，淡淡的苹果香味！"

其他同学你望望我，我看看你，都不作声。

苏格拉底再次举着苹果从学生中走过："请务必集中精力，仔细嗅闻空气中的味道。"

回到讲台，他问："大家闻到苹果的味道了吗？"

学生们异口同声回答："闻到了！"

苏格拉底说："非常遗憾，这是一个假苹果。"

我们其实都很喜欢随大流。少数服从多数，是丛林法则，是从众者握在一起的拳头。

这世上有一种事实叫"他们觉得"。是"他们",不是"他"或"她",加了一个"们"便是把一件事坐实。"三人成虎",是一把看不见的刀,可杀人于无形。

100个人,99个都在撒谎,那个唯一讲真话的人,就成了十恶不赦的骗子。可是他把真理奉为自己的信仰,那是汇聚了他所有的血液与精华培育出的一朵永生之花,他的灵在那花瓣里安歇,吸纳着,而后又静静地散放着,恒久的芬芳。

《世说新语·任诞》里有一则关于阮籍的故事:

> 阮公邻家妇有美色,当垆酤酒。阮与王安丰常从妇饮酒,阮醉,便眠其妇侧。夫始殊疑之,伺察,终无他意。

翻译过来就是:阮籍是个叛逆者,爱喝酒。阮籍家旁边就是酒店,女主人是个年轻漂亮的小媳妇。阮籍常和王戎去吃酒,阮籍醉了,就若无其事地睡在小媳妇身旁,根本不避嫌。重要的是小媳妇的丈夫虽然开始时怀疑他,但暗中观察后,认为他没有什么不轨的行为。

魏晋时期,男女授受不亲被认为是理所当然的事,可是阮籍全不放在眼里。一次,他嫂子要回娘家,阮籍不仅为嫂子饯行，还特地送她上路。面对旁人的闲话与非议，阮籍说："礼法难道是为我辈设的吗？"

心里立得正，外界的闲言碎语无法伤人半分。从这里可以看出，守脑如玉比守身如玉更难能可贵。

诗人刘川讲过一件事："马克斯·恩斯特给自己的花园画了一幅画，画完发现少画了一棵树，他马上砍掉了这棵树。他遵从了他的画面。我无理由嘲笑他。为了喝咖啡我特意买了咖啡杯，因为别人都用这种大杯子，而不是用家里的茶杯——我遵从了别人的画面。"

我想刘川大概是在自嘲，马克斯·恩斯特是特立独行的，而他，却依然尾随在众人之后。

人云亦云，终究是随波逐流。不惧他人眼光，遵从自己的内心生活，会领略更多的幸福。所以要守住你自己的大脑，你的思想你做主。

诗人布罗茨基在一次演讲后，主持人对他渊博的知识一再表示感谢。布罗茨基却说："一点也不用感谢我，我坐在这里，并不完全是我自己。我是我所读过和认得的东西的总和。一旦我不记得了那些东西，一旦我成了街上的普通人，任何人都可以捅死我，也不会造成很大损失。但是只要我认得，我就是件珍品。"

看吧，"与众不同的珍品"，多么来之不易的评价！

你们得珍惜,哪怕为此而忍受他人的白眼和嘲讽。"坏小子",是吗?放心,你还没有坏到威胁别人和社会的地步,宁愿如此称呼,也比千篇一律的面孔和温吞吞的灵魂要好上千百倍。

忠于自己,也是一种信仰。自己亦是一个国度,你是自己的国王,众多的各个情境下的你,都是你的子民。

从现在开始,所有人对我的定义,我都有权行使否决权,并非我故意与他们作对,只是他们所了解的我,不足我全部的十分之一,他们无法正确定义我。

所以我要说"no"(不),而敢于说"no"的人,才能真正拥有"yes"(是的)!

我坐在你的对面

太太写我们的日常，有这样一段——

我就坐在你对面，隔着眉的山，眼的水。

我不喜欢你眉眼清明地看我的样子，这么看我的时候，爱就清醒了几分，心动就少了几分。对，就是刚好少了之前那些痴痴傻傻的部分。

我还是喜欢从前，那时候交通不好，也没有网络。下过雪的路上没有车，你便不管不顾地蹚着厚厚的雪来找我，只为陪我过一个周末。卖力地给我说笑话，用你那变声期的破锣嗓子唱情歌，然后坐在我对面，满眼都是星星。那些星星一闪一闪，你就傻乎乎地笑，说："你猜，我最喜欢你什么？"不等我说话，你接着说："我最喜欢你跳进我眼睛里，我的眼睛就不再像死鱼眼睛，那里边长了钻石，生了星辰，装满一整个的你……"

此刻，我就坐在太太的对面，与她一起，对抗着岁月的袭扰，酿着属于我们自己的酒。

太太让我把晾晒好的衣服取回来，我随便叠了一下，就放进储物间。太太却将它们取出来，重新叠，很认真地、仔细地叠，多少有些强迫症的架势。我说，放到里面别人又看不见，没必要这么板板正正的吧。她说，首先自己看着舒服了才行。

我看着她慢慢地叠，日子，就被她叠出了蝴蝶一样的形状。

每次我买菜回来，太太都要过一遍秤。我就笑她，就算缺斤少两了，还能为了那块儿八毛钱回头去找人家吗？她说，那倒不能，只是这么多年养成习惯了，称一称，心里有个数，就算是称一称菜贩子的良心吧。

那年，去鲁迅文学院学习四个月，太太和米粒儿来陪读。在胜古东里租了房子，每到周末我就去陪她们，游后海，看话剧，品美食。有一次，我们俩骑着共享单车去菜市场。不认路，我就用手机导航，太太跟在我身后，不放心地问："走的路对不对啊？"我自信满满："放一百个心吧！"单车蹬得疾如闪电，太太在后面紧追不舍，披散的头发齐齐飘扬在脑后，像横过来的瀑布。兜兜转转一个多小时，手机导航终于提示我们已到达指定地点。结果一面高不可攀的大墙挡在面前，墙那边就是菜市场，我们走了完全相反的路，绕到了它的屁股后面。我们不能扛着单车，爬过墙去吧。

这是来北京后的第一次迷路，不过，我们还是聊以自慰地描述——我们永远走不出祖国母亲的怀抱。

停电的夜里，我们点上一支烛，在桌子两边对坐着，没有美食，没有红酒，除了这支烛，桌子上空无一物。看着烛光中的彼此，仿佛看着另一个性别的自己。当我把这种感觉说给米粒儿听，米粒儿的第一个感觉就是："我知道啦，那说明你们两个好得跟一个人似的。"

当然，这么好的我们也会有争吵，可那又如何，那是岁月里的调料。就像诗人熊焱说的那样："一次亲吻就是一勺蜜融在了舌尖上，一次拥抱就是一把盐化在了清水里，一次争吵就是贵州的酸、四川的辣，熬出了火锅浓浓的味道。"

有时候，我也无限伤感地和太太交代："你得学会一套急救方法，哪天我忽然倒地，你得救我。"

我亦如此，也需熟稔一些医学知识，我们的命，都要交给对方去保管。

亲爱的，有了疼痛我们也要好好地活，那是我们必须咬碎咽下的石头。其中最大的一粒，经过时间的打磨，会变成珍珠，我们有两个女儿，正好，你的那颗给米花儿，我的那颗给米粒儿。

我们努力把日子过小，小到一条围巾一方手帕，小到一盏灯一炷香，小到一瓶酱油一碗醋，小到一盅酒一碟花生米，小到一张床一串呼噜……

秋日，我小小的幸福就是，蒸一锅肥美小蟹，看着你们娘仨，盘腿坐在床上，蘸着白花花的日光，津津有味地品咂。

冬天，我小小的幸福就是，我和你坐在火炉边，把过去一遍遍地淘洗，留下明亮的，温暖的日子和人事。

亲爱的，我们是两粒米，放在同一个碗里。我们过着平凡而普通的小日子，在白天开窗关窗，在黑夜里开灯关灯。有软软的毯子盖着，有暖暖的枕头靠着。怀揣小情怀，胸纳大自在。我们的日子越来越小，小到只有一日三餐，小到只有对方的一颦一笑。小到，我就坐在你的对面，看着你，傻傻地笑，笑着笑着，泪水就溢了出来。

乖巧的围拢

诗人徐玉娟有一首诗歌《赶春》，读来甚为感动，小得不能再小的场景，却令人泪水涟涟。

> 我的母亲，把五只鸭子赶向河流
> 把十只芦花鸡放回竹林
> 把一只黑山羊牵到楝树下
> 我的母亲，刚刚从一场疾病里脱身
> 就忙着去侍弄那些绿油油的麦苗
> 和水汪汪的蚕豆苗
> 相比于我这个女儿
> 那些绿色的小生命
> 似乎更懂母亲的心

风一吹，它们齐刷刷地
向母亲围拢过来
比年幼时的我
乖巧十倍

大病初愈的母亲，在春天里操持着一家人的生计——把鸭子赶向河流，把芦花鸡放回竹林，把黑山羊牵到楝树下，侍弄麦苗和蚕豆苗。不光那些小动物，那些小植物也一样，都乖巧地围拢在母亲身边，这是一幅多么温馨的场景。

回想起儿时的夏天傍晚，我们围拢在院子里的那棵老榆树下，父亲和母亲坐在我们中间，张家长李家短地聊着家常，我们则写作业的写作业，玩耍的玩耍。接不上父母的话茬，但我们就是喜欢黏在他们身边。父母性子都是温和的，从不吵我们，我们便沉溺于那"温柔乡"里。不一会儿，父亲起身去摇辘轳井，摇上来一桶清凉的水，让我们无比惊喜的是，那桶水里面竟然藏着一个大西瓜！父亲切好西瓜给我们吃，那清凉的甜，让一整个童年都跟着裹了蜜一般。

天色暗下来后，我们就跟着父母进到屋里，那时候电灯还不普及，母亲点上一盏煤油灯，叮嘱我们洗脚睡觉。

我们缠着母亲，非让她讲一个故事不可。母亲拗不过我们，只好应了。我们乖巧地围拢在那盏煤油灯下，听母亲讲层出不穷但总不重复的故事。我想，这就是我最早的文学启蒙吧。

母亲的故事总是少不了"善良"这个主题，也是从那时起，我们的内心就沁润着温柔的月光。

冬天，更是燃着永不熄灭的童年记忆：一家人围在火炉边，听着母亲讲一些久远年代的故事。母亲一边讲，一边在炉膛底埋几个土豆，在炉火的炙烤下，土豆慢慢熟了，香味开始弥散。一人一个，不多不少，吃完烤土豆，母亲的故事也讲完了。我们极不情愿地散去，各自钻到各自的被窝里，咂吧咂吧嘴，拨楞拨楞耳朵，嘴巴和耳朵都是意犹未尽的。唯有期盼第二个黄昏，快些到来。

朋友的父亲刚刚过世，朋友和我们讲了一件事——

"父亲弥留之际，示意我去翻他的口袋。我在他的口袋里翻出三颗糖果。父亲血糖高，从不吃糖，那么，这些糖他自然是揣着留给儿女们吃的。可是父亲忘记了，他的儿女们也都已年过半百，哪怕是孙儿们也都上了大学不在身边。再说，当下的时代，几颗糖果早已不是什么稀罕物。

"我把三颗糖果分别给了哥和姐，自己留下一块儿。

那一刻,我觉得,我们仨就是父亲舔过的,甚至都不舍得含在嘴里的三颗糖果。此刻,我们和悲伤的母亲一起,在送父亲最后一程。母亲的身子微微发抖,却还在一个劲儿地劝慰我们——'人老了,总是要走的。你爸先走,妈后走,都别难过'。

"如果我们是糖果,那么父亲和母亲就像一层糖纸,把我们一家人紧紧黏在了一起。"

因为父亲的糖果,儿女们围拢在一起,彼此感受着亲情里的甜,借此消解失亲的苦涩。

刚出生的小鸡小鸭们,围拢在老母鸡身边,它们是乖巧的;星星围拢在月亮身边,它们是乖巧的;众多的词句围拢在主题身边,它们是乖巧的;夏夜的路灯下,总能看见一群群蛾子,围拢着那一点点光亮,尽管有时候因为过于激动而上下翻飞,但它们也是乖巧的。

母亲似乎也迷恋着孩子们的这种围拢,以至于在我们各自成家之后,母亲总是打电话找各种理由让我们回去,而回去之后,理由却只变成了一个:想你们了。打这以后,母亲的电话就成了"狼来了"的游戏,我们各种推托,推迟着一个个与母亲相见的日子。直到有一天,打电话的变成了父亲,他说这一次没骗我们,母亲真的病了,做了心脏支架手术,在医院住院已经两天了。母亲不让父亲告诉我们，可是父亲到底还是忍不住。

　　在病房里，当我们围拢在母亲身边的时候，母亲的精神一下子好了许多。即便如此，从她苍白的脸色上看，身体还很虚弱，但这丝毫不影响她不厌其烦地唠叨，一个个地叮咛，一家家地嘱托。这次我们听得很认真，我们也知道，这样的唠叨，听一次就少一次。

　　临床的大娘难掩羡慕之心，不停地说："老姐姐哟，你可真有福气哩，养了这么一帮孝顺孩子。"母亲听着受用，不一会儿就面若桃花了。

　　由于围拢，我们成为一个圆的一部分。由于围拢，我们找到了那个叫"爱"的中心点。

伴行者

塞涅卡说："愿意的人，命运领着走；不愿意的人，命运拖着走。"他忽略了第三种选择：和命运结伴而行。

我经常自嘲，有指挥大海的勇气，却无对弈命运的雄心，一副顺其自然、与世无争的姿态。而现在，我给年轻人的激励却是——要有指挥大海的勇气，更要有对弈命运的雄心。

与命运伴行，何尝不是一种对弈，彼此试探，消磨，攻与守，得与失。博弈一场，落子不悔，终生无憾。

逆天改命的英雄毕竟凤毛麟角，人间大多是平凡之人，选择与命运握手言和。即便如此，平凡之路上亦不该失了神采，荆棘在左，鲜花在右，坦然与这一切结伴而行。

若有伴行者，便有了歌，有了诗，更有了酒，有了药。

伴行者如风，一阵风推着另一阵风，吹向更为辽阔的平原和山谷；伴行者如云，一朵云挽着另一朵云，将属于自己的天空擦得一尘不染。

伴行者如树，一棵树与另一棵树用心在行走，任谁也看不见它们的脚步；伴行者如马，一匹马与另一匹马并排奔驰，飞扬的马鬃仿若腾空的火焰。

伴行者如烛，一盏烛火偎着另一盏烛火，在深夜的帷幕里攒劲，与黑暗斗法，将它再推开一寸；伴行者如露，一滴露水扶着另一滴露水，在清晨的舞台上报幕，请来雄鸡报晓，布谷催春。

伴行者如镜，山川盈目，万物藏心；伴行者如影，相扶相携，不离不弃。

伴行者，如《爱乐之域》里的一段台词，"我们追寻的不过是另一个人的爱，一股悸动、一个眼神、一个触碰、一支舞，凝视一个人的双眼，点亮一整片天空"，为爱情和梦想而奋斗。

真正的伴行者，不是得势者门庭若市时的前呼后拥、锦上添花，而是失意者形单影只时的纤手轻挽、雪中送炭。

人生得一伴行者，幸哉。而若能伴行至永，则幸甚至哉。

伴行者，即便拖着病体残躯，也一样可以走遍天涯海角；伴行者，哪怕双目失明，也一样可以看见灿烂的花海与星河。

第四辑

在那些美好的事物面前

一朵花，只管开着

怎样让一棵苹果树结出橘子？很多人第一时间想到了嫁接，可是这样似乎太低估了苹果树，它的地盘它做主，不会让别的物种轻易占领（除非是橘子家族举家搬迁过来才好），且不说橘子到底能不能嫁接到苹果树上，即便可以，那也结不出真正的橘子啊。我的意思是，怎样让一棵苹果树结出真正的橘子来。

当我为这个问题一筹莫展的时候，米粒儿说："这有什么难的，我爬到树上，把橘子挂上去吧。"

一只熊，在雨天担心花朵没有光照，在晴天担心花朵没有雨露，花朵开得不好，蜜蜂就酿不出来蜜，它就没办法解馋了。这只没完没了地替那些花和蜜蜂操心的熊，看似粗野，其实内心敏感脆弱。不论天气如何，最终它都吃到了蜂蜜，即便如此，第二年的春天，它依然在替那些花和蜂蜜操心。

一只小鸡破壳而出的时候，刚好有一只乌龟经过，从此以后，这只小鸡就背着蛋壳过了一生！——别人对你的影响总是会让你失去自我。

《伊索寓言》里有一只自以为是的苍蝇，停落在大车轮轴上，说："看我把尘土扬得多高！"——无知的人往往嚷嚷得最欢。

在我们眼里，屎壳郎是臭名昭著的，可那就是它的生活，粪球就是它生命的全部。抛去那些异味，单单去想那样一个姿态，小小的身体，却滚动着那样一块"巨石"，这难道不像西西弗斯一样令人感动吗？

蝎子很为自己腿多而烦恼，它不知先迈出哪只脚才是正确的。看到蜈蚣走得很坦然，便前去讨教。蜈蚣说："我可从没想过这个问题！"

人生有多少是没必要的烦恼呢？君子兰，不知自己与君子有何交集；虞美人，不识虞姬和项羽；喇叭花，从不曾在那喇叭里喊出一句话……一朵花，从不去想这些问题，只管开着。

遇到一大簇青草，妻子俯下身去，把手机贴近，徐徐地向前移动。从视频效果上看，这一大簇青草俨然一座大草原般辽阔。换个角度，滴水藏海。

米粒儿问了我一道数学题，说：有一只青蛙在井底，每天爬上5米，又滑下3米，已知井深10米，那么青蛙爬到这口井的上面一共需要几天？

这道题我觉得挺有意思的，从不同的角度都可以看出这只青蛙的可敬。憨憨的它每天爬上5米，又滑下3米，从数学的角度来说，青蛙爬到6米之后，第四天再爬上4米即可到达井口了，所以一共需要4天。但我觉得除了这个具体的数字之外，这只小青蛙还是能给人一些启示的。一只要自我突破的、不愿被称为"井底之蛙"的蛙，为了要看看外面的世界，每天艰难地往上爬，虽然井壁湿滑，好不容易爬了5米，又掉下大半，但它每天都在前进，每天都在积累，所谓"不积跬步，无以至千里；不积小流，无以成江海"，当它积累到一定量之后，最后的4米就不会再往下滑，因为到了井口，它就完成了质的飞跃。所以不要觉得眼前一些琐碎的事情毫无用处，积少成多，它带给你的会是大笔的财富。做事如此，做人也一样，勿以善小而不为，勿以恶小而为之。

一对蝴蝶对人类发出嗤之以鼻的质疑——花丛里的人并不相爱，为什么要拥抱在一起？

家里的钢琴有几个音不正，我们请了调音师过来调理。他直接坐到钢琴旁,开始工作,整个过程中一语不发。完毕之后,他见到另一个房间里的古筝,眼里闪出光来,终于开口说道:"如果那架古筝需要调理,我也行的。"

调音师,可以调理我们的琴,但我们紊乱的生活,又由谁来调理呢?

一棵孤独的老树,可以替人哀愁。它伟岸的身躯,承得住众多的苦痛,只见人们往它身上系红布条,却不见人给它松绑。

磨盘是故乡的一颗痣

磨盘，是故乡的一颗痣，让漂泊在外的游子，日夜牵挂。

傍晚，在电脑上和几千里以外的父亲视频，唠着家常，忽然对父亲说："用手机拍一下咱家那个磨盘，给我传过来，我想看看它。"父亲充满怨怼地说："浑小子，这么多活物你不稀罕，却稀罕个不会说话的石头。"

是的，我稀罕那块石头。有一次在梦里，我光着脚，站在那磨盘上，大声朗诵着自己的诗歌。我把那磨盘当成我的听者，把那呼啸而过的风当成掌声，我像一尊雕塑，伟岸而悲怆，眼里含满泪水。所以，一直想，用那个磨盘做背景，拍一幅照片，我知道，我脸上的皱纹，已经可以和那些斜着的磨齿匹配。

和我不一样，磨盘的皱纹与生俱来。它一出生就老了，它没有童年。这算是它的不幸吧。不过，它却可以比我永恒，这又是它的幸运。

小时候，父母大声喊我们回家，不外乎两件事，一件是回家吃饭，一件是回家拉磨。一件令我们兴冲冲地回，一件令我们灰溜溜地归。还好我们兄妹四人，可以轮流着拉磨，我们几个讲好，二十圈一换人。咬着牙，一圈一圈地数，等累得眼冒金星的时候，总算有人接替，松口气，过一会儿，还要接着来。磨盘，因为闻到了新鲜豆子的味道而生机勃勃起来，吱吱呀呀仿佛哼起了老掉牙的歌儿。

磨了大半夜，总算把一袋豆子磨完了。我们去睡觉，父亲和母亲却要接着挑灯夜战，把磨出来的豆汁再做成豆腐，早晨去卖掉。

后来买了驴，我们总算解放了。驴子被蒙上眼睛，套上枷锁，围着磨盘开始转圈。我总在想，驴子这一生要围着磨盘走多少圈呢？它自己会不会也在数自己走了多少圈呢？数了又能怎么样，没有另一头驴子可以替换它，永无休止的劳作就是它的命运。

磨盘，曾是我们最简朴的桌子。盛夏的夜里，我点着煤油灯，在那上面写过作业，众多的飞蛾绕着那微弱的灯飞个不停。月亮像块发霉的干粮，却也不妨碍我幻想着一口咬下去。

　　我在那上面磨过铅笔尖儿，砸过核桃，一家人围坐在那里吃饭，就着没有消散的豆汁的香味。

　　闲暇时，父亲与老哥们在那上面下棋，父亲的棋艺不敢恭维，基本属于"臭棋篓子"的范畴，气势上却总是压人一等，把象棋子摔得啪啪作响。我和小伙伴们也常常在那上面打扑克，激战正酣的时候，母亲总是不合时宜地走过来，像撵鸭子一样地撵走我们，拿出一把菜刀在上面磨来蹭去。

　　磨盘，经年累月守在那里，吸纳阳光，也吸纳着月色；承接雨露，也承接着雪花，无声地铭刻着村庄的历史。

　　如今，村庄里很少能再寻见磨盘了。乡村也有了成排的楼房，有了健身的广场，村庄仿佛一个质朴的女子做了美容一般，顷刻间妖娆了起来。

　　乡村变漂亮了，可是磨盘，那颗最美的美人痣，却也因做了美容而一并给做了去，不见踪影。

　　磨盘和井一样，是村庄的精神。就像美酒是粮食的精神，金子是矿石的精神。而我更愿意把它看成是一颗痣，长在思乡人的心上，永远不能剔除。

　　磨盘，故乡的一颗痣，一颗令人魂牵梦萦的美人痣！

母亲的感谢

一

我居住的小区里,有一个被大家公认的好儿媳。那天,我看见她一边在大声鼓励着一个老人:"再走一步,加油啊!""100步啦!老太太今天又创纪录啦!"还一边兴奋地拿着手机拍照。

老太太是她的婆婆。已是深秋,空气里有着丝丝缕缕寒凉的感觉。她似是怕把老太太冻着,给她穿得很厚,围脖手套一应俱全。自从丈夫出了车祸,撒手人寰之后,她就与婆婆相依为命了。

祸不单行,婆婆又不慎一跤摔了个半身不遂。她坚持给婆婆按摩,每天都领着婆婆出去练习行走,哪怕一整天只有一小步的进步，她都热情地鼓励婆婆一定可以走起来的；而且，她自己也坚信，婆婆有一天会重新加入广场舞的行列。

她未孕，一直到丈夫去世也没怀上一个孩子，这成了她最大的遗憾。有人劝她抓紧再找一个，自己将来不要活得太苦。她只是笑笑，说目前并没有再婚的打算，即便有，婆婆也是陪嫁，不然宁可单着。

每当婆婆言语不清地跟她比比画画，怕拖累她，让她把自己送到养老院去，她都会对婆婆说："您老放宽心。没嫁，我是您的儿媳；嫁了，我就是您的女儿。"她经常这样安慰婆婆，让她不要胡思乱想。

一把年纪的婆婆，记性越来越差了，有时会忘了儿子已经不在人世，便不住嘴地唠叨：咋还不下班，还不回家呢？她听了，心里难过极了，可还是配合着年事已高的婆婆"演戏"——您儿子今天加班，不回来了，您先睡。第二天早晨，一觉醒来的婆婆脑子也清醒了，记起了儿子去世的事实，眼泪又止不住哗哗地淌。她边做着早餐，边安慰着婆婆："别难过了，您儿子提早去了那边，是在打点一切呢。说不定这会儿忙着置办新房子，等您老有一天也过去时，就可以安安心心享清福了。"老太太被她的话逗笑了，竟多喝了一碗粥。

婆婆喜欢喝粥，她就变着花样做给她，绿豆粥、八宝粥、蔬菜粥、皮蛋瘦肉粥……一周都不重样。每次老太太的记性能回来一点点的时候，都会泪眼汪汪地对她说："谢谢！"

二

有一次朋友约我小酌，酌出了他的悲伤。他讲，中秋节那天，他和姐姐把母亲从老年公寓接回家，吃了顿团圆饭。之后，老母亲死活都不肯再回去了，就像一个耍赖的孩子。任他们苦口婆心地劝，母亲愣是一言不发。可是，他和姐姐家里都有逼不得已的难处，姐夫常年卧病在床，也需要姐姐照顾。而他那里虽说能勉强腾出一间小屋子给母亲住，但他和妻子都各忙着一摊子事儿，无暇照顾老人。那家老年公寓是他的一个朋友开的，对母亲自然会多上些心，何况那里的饭菜也应时可口，比他们自己照顾的条件其实要好得多，他们也更放心。母亲沉默了好一会儿，最后开了口："那地方啥都挺好的，就是太闷了，有点儿透不过气。"母亲一脸落寞，说："给我一间小屋子就行，我能给自己糊弄一口饭吃。"说了那话，母亲就像个做错事的孩子，始终没敢抬头看他和姐姐的脸。后来，他和妻子商量了一下，决定依了母亲，不再送她去老年公寓了。母亲愣了一下，有些不大相信似的看着他们，然后就擦起了眼泪，不停地对他们说："谢谢，谢谢！"

三

另一个朋友也说起自己的母亲。他说，母亲节的时候，他给老家拨了个电话，想和母亲聊几句，并祝她节日快乐。结果电话通了，母亲一个劲儿问他有什么事。因为这些年，只有真的有了什么事情，他才会给母亲打电话。于是，他支支吾吾了好半天，也没说上那句"母亲节快乐"。太内敛的他，不善于表达情感，总是不好意思把"爱"说出口。最后，要挂电话了，他对母亲说："真的没什么事，就是想你了，给你打个电话听听你的声音。"母亲在那边沉默了一会儿，忽然说了一句"谢谢"。朋友说，那一刻，他差一点儿哭出来。母亲这习惯性的礼貌，让他羞愧，也让他心疼不已。

四

我父母的老房子要拆迁了，由于房产证上写的是祖父的名字，需要各种手续才能证明这房子归他们所有。我只好请假回去，足足跑了一个星期，才把各项事宜办理妥当。当我把父母接进崭新的楼房，把写有父亲名字的房产证交到他们手上时，母亲突然说："谢谢俺的老儿子，帮我们办这些事，费老大劲儿了！"

我说："这就是儿子分内的事啊，怎么还成了帮忙了呢？"母亲笑着，没再说什么，只是不断叮嘱父亲去多买些我爱吃的菜。

母亲不舍旧物，很多都搬到楼里来，比如一个有些年头的脸盆，也偶尔洗菜，接水浇花。艰难的时候，还用它接从屋顶上漏下的雨水，也到外面撮过雪拿回家里的炉子上化成水……那个具有多种功能的脸盆，就很像我们的母亲。我们的日常皆由母亲打理，衣食起居、吃喝拉撒、缝缝补补，她每天都井井有条地忙作一团，一辈子都在操心劳神，我们又何尝说过一句"谢谢"？而我只是做了一件微不足道的小事，她竟如此虔诚地向我表达感谢，心里不免五味杂陈。

朴素的暖意

茫茫风雪中,木屋里那一点橙黄色的灯光,总是给人以某种慰藉。与之比起来,灯红酒绿太过于俗气。灯光若是也讲究一种境界的话,此刻的灯光便是第一等境界,重在治愈,给人以希望。而不是欲望之街的霓虹,沉沦着,把人往下拽。

这是简单的幸福,朴素的暖意。

简单的幸福,就好比饿了,冰箱里有食物;冷了,有温暖的被子。司空见惯,习以为常,而又令人感念,如马在饮水,羊在吃草。

日子无非就是前院栽花,后院种菜,一扇窗子打开,一扇窗子关上。

他一无所长,只有一股热爱生活的蛮劲儿。没有情话,千里之外的她,偶尔会有抱怨,只给他发短信,最短的话:"回来擦地。"他知道她这是累了,老人和孩子都需要她照顾,生活紧张得一点缝隙都没有,一直如此,在固定的生活轨道里,像一只旋转的陀螺。他回复她:"好,我擦地,跪在榴莲上擦。"

一个简单的玩笑就逗乐了她,他粗枝大叶的老婆,精打细算着他们的日子。

他给她写诗——

> 你是我命里长明的灯火
> 哪怕你呈现给我的
> 只有那馒头上的热气
> 萝卜条上的盐花儿
> 我依然感恩戴德
> 你围裙上的向日葵
> 是我们婚姻的图腾
> ……

他说,无论我们谁先离开这个世界,对方都要写一首悼亡诗。她说:"不,我们只会一起离开,没有第二个可能。"

此刻，他已经成了很老的老头儿，戴着老花镜，眯缝着眼睛，在帮老伴儿纫一根针线。

送米粒儿上学的路上，遇到一个七十多岁的老头，骑着一辆用自行车改装的小三轮，上面装了满满的纸壳之类。老人骑得很吃力，却并不悲苦，一边骑一边还哼着歌，更像是在给自己加油打气。

我在后面推着车，米粒儿看到，也帮着推。或许是老人一下子感受到了轻松，不停地说着谢谢。举手之劳而已，在别人那里，却变得极其珍贵。

老人的胳膊肘磕破了，渗着血丝，看着让人心疼不已。但他乐观的天性，又让人觉得他可爱极了。

小米粒儿就说："可爱的老头儿，骑着可爱的三轮车。"

我给她做了延伸补充："过着并不可爱的，但也足够温暖的人生。"

一个冬日，去乡下采风，很晚了，回不来城里，便决定去一户农家借个宿。

男主人好客，很爽快地就让我住下了。还特意嘱咐女人做晚饭，加两个菜。

菜上来了，一盘笨鸡蛋炒大葱，黄灿灿的鸡蛋配上绿油油的葱叶，还有一盘腊鱼块，看着也是油汪汪黄灿灿，令人垂涎。

我很好奇这些腊鱼块是咋做的，女主人耐心地同我讲："冬至腌的草鱼，腌制半个月后，挂起来晒些日子，再剁开晒些日子。收进坛里，坛底放一杯白酒，密封好。过一个月，让白酒在坛里慢慢挥发熏染，就成了。"

我夹起一块腊鱼放进嘴里品味，略咸，微甜，透着清冽的酒香，真是一种极致的口感。

男主人拿出自酿的酒，与我对饮，话并不多，但句句实诚，每一句里都放了盐。我则与他们聊聊城里的新鲜事，借着酒劲，胡侃一气。

酒足饭饱，该休息了。男主人往炉子里又续了些煤块儿，极旺的炉火在冬夜烘出一处暖窝窝来。没有单独的居室，他们住大炕，我住另一面的小炕。多少有些尴尬，但主人两口子却并不介意，男人还开玩笑说："有啥不好意思的，我们这老夫老妻的，没啥，睡吧。"

我看两个人年岁也不是很大，可是却分开两头，一颠一倒地睡下。我想，这大概是为了缓解我的尴尬吧。到了早晨才发现自己的狭隘，我看男人把女人的脚捧在自己的胸膛上——原来，这是乡下人最朴实的爱的表达，在最冷的夜里，用最温暖的胸膛，去替心爱的人暖脚。这朴素的暖意，足以推开一整个冬天的寒冷。

父亲早年多舛的命途，以及整个家庭的跌宕起伏，一波三折，仿佛一场超时长的电影。而这些，都被母亲神奇地一一化解、平复。我现在终于知道了这份神秘力量的源泉——一颗博大而宽容的心，竟是如此平静而深邃。我永远忘不掉，一家人在冷彻刺骨的冬夜赶着马车搬迁异地，母亲用一个大棉被把我们盖住，像老母鸡一样护着我们。有母亲在，再冷都不怕。

羊群归来，被绊倒的花朵并无抱怨。男人挂好镰刀，洗手洗脸。抱起三四岁的小娃娃，在地上转了几个圈。女人为他烫好了酒，喊一声"开饭"……这一切，撑开了黄昏的辽阔。

尘世的每一帧油画般质感的画面里，都有"我们"的影子。我们四处张望，像丢失了糖果的孩子，原路返回，试图寻回被意外遗弃的甜蜜。我们踩着更大的雪，仿佛踩着巨大的缝纫机踏板，在将尘世的一道道伤口，慢慢缝合。我们就这样，在稀薄的阳光里，提炼做人的底气、活着的骨气，以及朴素的暖意。

追 逐

　　和米粒儿玩造句游戏，我给出的词是猫咪和路灯，米粒儿想了半天，没有想出太好的句子。我开始引导她，我说我们可以先设定一个场景，假如现在是深秋或者初冬，那会是一个什么样子呢？小米粒儿想了一想说，那猫咪会在路灯下取暖吧，路灯会想尽办法把自己的光和暖给猫咪一些。嗯，这就很好啊。那么我们再换一个场景，假如是盛夏呢？盛夏的路灯下面会有很多什么在飞啊？"飞蛾！"米粒儿大声说道。是的，如果飞蛾闯入，会是一个什么样的画面呢？

　　画面就是——飞蛾绕着灯光不停地飞，而猫咪呢，在追逐着飞蛾。

　　这样一个画面就给了我们一个启示：飞蛾追逐着光，

而猫咪追逐着飞蛾，世间万物，各有所逐，顺其自然，和谐而美满。

蜻蜓追逐着甘露，飞鸟追逐着白云；松鼠追逐着坚果，秃鹫追逐着腐尸；红颜追逐着脂粉，须眉追逐着肌肉；嫦娥追逐着月亮，夸父追逐着太阳；诗人追逐着空灵，歌者追逐着天籁。

悲伤的父亲追逐着儿女的快乐，而你消失得毫无声响，就像一滴水落入裂缝，令我们无法追逐。某个清晨，与我同行者，不远不近，被大雾隔着。那是父亲一样的身影，令我感到亲切。但愿我可以从那恍惚的背影，追逐到父亲灵魂的住址。

一只狼在追逐一只兔子，将其逼至悬崖。前无路，后有狼。悬崖边的兔子，我看见它的抖动，像深秋的树枝上，与生最后一点粘连的叶子。

我给那个七八岁小胖子的父母出了个主意，减肥的最好办法，是让他去追逐一只美丽的蝴蝶。

酒鬼追逐着酒香；饕餮者追逐着美食；女巫追逐着人心晦暗的角落；囚徒追逐着一棵向日葵，目光跟着它爬过高墙。

北风追逐着风雪，南风追逐着花香；铁匠追逐着罕见玄铁，剑客追逐着绝世好剑；企鹅追逐着冰雪，鸵鸟追逐着沙漠；枕头追逐着美梦；双臂追逐着拥抱。

伏尔泰说："人的本能是追逐从他身边飞走的东西，却逃避追逐他的东西。"一个人奔跑起来的时候，就仿佛是左脚和右脚的相互追逐。这就注定了，人生不过一场追逐的游戏，有人追名逐利，有人随心所欲，有人嗜钱如命，有人拿石头当宝贝……各有各的心头好，各有各的珍珠玛瑙。这都是常态。你尽可以喜欢或者厌恶，仰望或者鄙视，大可不必扣帽子。此乃再正常不过的人间万象，就如那蝶恋香，蝇逐臭，猫儿追着腥味嗅。

在那些美好的事物面前

都说今晚会看到最大最圆的"超级月亮",可是很不巧,这里却阴天了,我和小米粒儿等了半天也没等到月亮出现。小米粒儿困了,要去睡觉,她对我说,如果月亮出来了,一定要喊她来看。我答应了她。

后半夜,月亮真的出来了,又大又圆的月亮,看上去真的比平时胖了一圈。这么美的月亮,我想让孩子看一下,便去睡熟的小米粒儿耳边轻轻唤她。她睡眼惺忪地不耐烦起来。妻子埋怨我不该把孩子弄醒。我却认为,孩子少几分钟睡眠无妨,让孩子内心注入几缕月光才是最重要的事情呢!

我想起儿时,母亲就是这般领着我,在大月亮地里漫步。月光就这样慢慢尾随着我的影子,渐渐步入我的内心。

从此，小米粒儿总是很痴迷月亮，常常会望着它发呆。我一直在想，这月光到底在她小小的心灵里产生了什么样的影响呢？直到有一天，为了进入写作状态，我听着一首很忧伤的曲子，面色凝重。不知道她什么时候就轻轻地走到我的身边，对我说："爸爸，别担心，有我呢！"或许她以为我受了什么委屈吧！那一刻，我便知道了，她深情凝望的月亮，已经深深植入了她的心灵。

冯骥才在他的文章里有过这样一个细节描写："一次在西塘的河边散步，路过一户人家，用一根细木棍支着一扇窗户透气，此时天已经凉了，窗台上摆着一个花盆，屋内的一位老太太想把花盆拿进去。她拿起花盆的时候，花儿上正落着一只蝴蝶，可能睡着了。老太太把花盆拿起来时，轻轻地摇了一摇，似乎怕惊吓了这只蝴蝶。蝴蝶飞走了以后，她才把花盆拿进去。"怕惊醒睡着的蝴蝶，我想，老太太的内心，该充满多少善念和诗意。这睡着的蝴蝶，在冯骥才这里显然是一种隐喻，它是美好的代名词。

前几日，朋友意外收到一盒奶糖，不清楚是谁送的。当时，他正在与一个强劲的对手竞争部门主管的位置，担心是对方故意设下的圈套。他小心翼翼地把它送给了我，并把这种担心说给我听。我取出一颗奶糖放到嘴里，一股甜甜的风吹进身体的每一个角落！在这么美好的事物面前，他那些猜疑是有罪的。

一直为青春年少时的一件事耿耿于怀，那是恋人写给我的信被人偷看了。美丽的信被偷偷地拆了封口，如同撕开少女的衣衫。我发誓要找到这个猥琐的人，暴揍他一顿。我想了各种方法，比如拿信封去验指纹，可终觉得有些小题大做。我给负责收发信件的人买了烟，想从他那儿得到一点蛛丝马迹，可是那家伙嘴巴很紧，不肯透漏半点风声。不过也好，自从给他买过烟后，我的信再没被人偷偷拆开和丢失过，而此时，我与恋人的爱情也已公开。生活就是这样，当你极力要去守住一个秘密的时候，总有好事的人，将那美丽的陶罐敲出一丝裂缝来，让那些干净的水渗出来，沾惹俗世的尘埃。而当那些秘密像一场公开放映的电影一样被人从头到尾欣赏过之后，除了满地的烟蒂和擦过眼泪鼻涕的纸巾之外，再找不到一丝趋之若鹜的痕迹，人们会选择用遗忘将它们风干。

而我总是哀伤，常常是没有来头的，看一部好看的片子，听一首耐听的曲子，然后，轻轻地落泪。原谅我，在美好的事物面前，我无法欢快，更多的是疼痛，那种来自心灵深处的，幸福的疼痛，你是否懂得？

世人都知隋炀帝的穷兵黩武，劳民伤财，荒淫无度，可我仍在历史中窥到一丝浪漫——他修了一条运河，好几千公里，好多年，就是为了去看美丽的牡丹。

商略有一首诗，写道：

> 一群白鹭飞过
> 门前的半个山都晴了
> 最好的生活，是我们可以不看到人
> 只看到白鹭

这是多纯净的美啊！

有时候，面对着美好的事物，更多的人欢欣鼓舞，但也有一部分人满怀忧伤，这倒并非坏事，因为那份悲伤里有着对美好事物的珍惜，担心它们流逝得太快。如今，还有哪些美好的事物，可以让忧伤的"书生们泪流不止，一口气写光世上的纸"（叶舟语）？

失意忘形

生活中,"得意忘形"者众,"失意忘形"者,亦屡见不鲜。

打的,的哥是个"自来熟",还是一个"话匣子"。打我上车之后就开始讲他从前的"光辉事迹",言语中透着一种"壮志未酬"的悲壮感。继而开始埋怨他的妻子,不能让他放手一搏,导致了现在开出租车的窘境。"开出租车这个行当你知道的,这辈子注定无法翻身,只能做一个穷人了。你算算,就算一天24小时不休息,又能挣几个钱呢!"的哥说,以前他养了一台钩机,一直是自己干,分身乏术。他的本意是雇一个司机,这样他还有其他时间和精力去琢磨别的赚钱门路,可是妻子不允许。如果投资两台钩机,雇两个司机,规模就有可能越干越大,最后发展成一个小企业，弄个百八十台钩机也不成问题。"明明可以当个老板，却非要当个打工仔。你说，这是不是她的短视？唉，我这一辈子，算是毁在她手里喽！"

乍一听他的分析，好像挺有道理的，但是仔细琢磨，那所谓的投资理念不过是过了期的心灵鸡汤，一股子酸馊味道。我和他唱了个反调："你老婆这么做也无可厚非，毕竟投资的风险很大，有很多不确定性，赚一点够一家人花的钱，不也其乐融融嘛！她要是真给你投资了，赚钱了，就还想赚更多的钱，那就是无止境的，钱哪有能赚够的呢？所以，如果是那样，你现在还在做一个不由自主的陀螺，人前看着蛮光鲜的，其实是在被金钱和欲望抽打着，伤痕在哪儿，你自己清楚。"

不知道是不是戳到了他的痛处，反正他这"话匣子"一下子就关上了。这倒是给了我一个启示，再遇到此种喋喋不休地怨天怨地怨空气的人，找准其痛处猛戳他一下子，保准让他立马关机。

失意之人往往选择"忍气吞声"，可偏偏有些人选择忘形地失意，把其失意之事当作"业绩"一般去"炫耀"。我敢保证，你们的微信朋友圈里断然少不了这样的人——晒自己辛苦加班时的盒饭，晒自己体温定格在39℃的温度计，晒自己吃的千奇百怪的药，晒孩子不听话的各种"罪证"……生活里更是少不了一些揪过你耳朵就滔滔不绝灌输苦恼的人，这些"失意忘形"的"蓝瘦"（难受）与"香菇"（想哭）们，正大张旗鼓地，用所谓的"自黑"给他们的粗糙生活擦脂涂粉。

蒋勋说："所有生活的美学皆在抵抗一个字：忙。忙就是心灵死亡，不要再忙了，你就开始有了生活美学。"这个"忙"，早已不再是成功人士的标签，反而成了悲苦人士的符号。那么，我们该用什么去抵抗它呢？

我的一个朋友在朋友圈同样晒了一件"悲催"之事：手机屏碎了！但是，他却发现了其中的美，他把碎了的钢化膜举起来，对着阳光，那碎痕，仿若海浪叠涌的画面。他配了一段文字："悲伤的事每天都有发生，但你是否想过，悲伤的间隙，有光穿过，有美停驻。就像钢化膜碎了后，抓住生命的最后一瞬，予你美的震撼。"

继续往上翻，发现他记录的皆为生活中看似无用的美好——洗窗帘的水好似银河里的星辰；透过车灯落下的雨滴如金灿灿的烟花；雨天广告牌倒映在雨水里，像晚霞；雨后对面的楼房，像天空之城；洒水车经过，仿佛摸到了光的形状；孩子吹出的五光十色的泡泡，降落在郁金香的面前；一个寻常车库的天窗，光从树叶的罅隙迷幻地射出，仿佛爱丽丝的兔子洞；咬了一口的草莓，竟然有了玫瑰的姿态，同一抹红，燃烧在不同的躯壳中；每次泡完茶，都有不一样的色彩，如饮万千星辰，如观璀璨星河……看着那些治愈的图片，会把你歪七扭八的心情拽进优雅而舒服的轨道。

养养花，看看云，听听音乐，拍拍美景……拥有如此心境的人，才是真正富有的人。所以，别再每天高喊自己没时间吃早饭，没时间睡午觉，病了没时间去看医生，此举非但无法博得别人的同情，反而会招致更多的鄙夷。只有天生悲苦的命，才会如此"失意忘形"地展示自己的悲苦形象。

悲催如同泥巴，有人藏在心田，可成沃土；有人抹在脸上，徒增笑料。失意之时莫忘形，"喋喋不休地展示苦难"，如祥林嫂般，只会令身边的人唯恐避之不及。要学会把悲催藏起来，使自己看上去不那么令人生厌。

失意忘形人，怨艾挥不去；深藏不露者，留香最长久。

千万分之一的疼

老妇叫曲柳,一生未嫁。她说,她只能属于那一个人。她每天傍晚都要坐在村口的老磨盘上,眺望,等着那个人的归来。

她有个烟袋锅,每天傍晚在磨盘上吸着,倒是成了村里一景。村人忍不住又要嘀咕几句,曲柳又想她男人了。

每次曲柳离开,我们争抢着去那磨盘上坐,因为磨盘被她焐暖了,坐在上面很舒服。我们那时候很小,不知道这女人每天坐在这上面望个啥,一天天几乎不变啥姿势,也不变啥表情。

后来就多了一条狗。这是一条流浪狗,被曲柳捡回家养了起来。这狗本来就忠心,又加上要报恩的心吧,寸步不离曲柳左右。

狗也不知道，它的主人这是望个啥。它不管，主人望，它也望；主人走，它也走。

年轻时候曲柳和小黄恋爱。准备结婚的时候，曲柳爸爸去世，扔下多病的妈妈和两个上学的弟弟。妈妈也是没办法，索要高额彩礼。小黄只好远走他乡去挣钱，在外面被老板女儿看中，结婚生子过上了人上人的日子。曲柳不知，在家拼命挣钱，想着可以养活一家人，可以挣够嫁妆，不用小黄拿彩礼回来娶她。熬了半辈子也没等回小黄。直到某一天，已成老妇的曲柳看见了老黄携家带口衣锦还乡的样子，磨盘上再无曲柳身影，她在当天夜里睡了过去，再没醒来。

山水不旧，风把日子切成薄片，山脚的土屋，岸边的老柳，剪纸一样贴在记忆里。我总是不自觉地喜欢看她，一个喜欢倚在门前的磨盘上假寐的老妇。她的眉眼弯弯，从前装着一片星辰，如今，就像那晨光里的月亮，淡去了光色。

天晴的时候，她轻淡地说："小黄，你说，老黄咋还不回来呢？"

天阴的时候，她依然轻淡地说："小黄，你说我啥时候能死呀？我咋还不死呢？是不是死了就说不定能看见老黄了？"

好多次，我看她，想和她说说话。她却用漠然婉拒，她只看蜷缩在脚边的土狗"小黄"，念叨着她爱过的男人的名字，只是男人的称呼从年轻时候的小黄变成了现在的老黄。

磨盘上，一圈圈的纹路，像老妇曲柳到死都没有展开的皱纹。

我的一个女性朋友和我说起过一件事，她说前两天听到她的一个女友得了白血病，第一次，她居然没有哭。她说她第一次经历熟悉的人死亡是36岁那年，闺蜜的丈夫肝癌去世，她哭得比闺蜜还厉害。后来经历了好多个死别的剧情，就麻木了。我说其实不是我们变得冷漠，而是心灵的外壳结了痂，那里经历了太多的血和泪，所以慢慢地就结了痂。

一个疯女人，只活在自己的世界里，任何人在她身边路过，她都视而不见。哪怕你不小心碰到她，即便是弄疼了她，她也不去理会，仿佛失去了痛觉。她总是和一个不存在的人说话，有时骂，有时劝，有时悲伤地哭，有时爽朗地笑，并大声唱起来，喜怒哀乐，在她这里毫发毕现地展现出来，那是一个纯净的世界，纯净得如同一个童话。

一个女子斜倚窗栏，徐徐吐出一口尼古丁气味的纯白色烟雾。她说，看，多像一袭婚纱。她伸手去抓，婚纱从她指缝间穿过。

那段往事，像一颗生锈的螺丝钉，把她拧紧在青春的边缘。如今，依然没有任何松动的迹象。

结婚当日，新郎的迎亲车队遭遇泥石流，新郎命丧当场。从此，她精神恍惚，记忆就定格在那里，始终是新娘的模样。

她唱着新郎喜欢的歌，一首接一首地唱，把空唱到虚，把忧唱到愁。她的院子里有架秋千，一直空着，只有风，在上面荡来荡去。

诗人刘年在一首写给儿子的诗中，让其在自己的墓碑上刻一个"痛"字。那就是他的墓志铭，一生都忍着没有说出来，死后就刻在墓碑上，让阳光晒一晒。

这人世间的种种疼痛，让我再一次想起迟子建的小说《世界上所有的夜晚》，当自己的不幸遇到人间的不幸之后，一颗原本因悲伤而僵硬的心，化作一只曼妙的蓝色蝴蝶，向阳而去，偎暖而生。

此刻我方才知晓，原来这世上，你的疼并不是唯一的，还有千千万万的疼，与你一起，在构成这个世界。

弃子不弃

诗人秦晓宇在一首诗中写道:"我待在一辆停运的计程车里,像一局棋中,被吃掉的棋子一样闲散。我在等人,我等的人已进入使馆多时,我很想为她做点什么,但我像一局棋中被吃掉的棋子一样,爱莫能助。"这个比喻极为新颖独到,被吃掉的棋子,使命已结束,只剩下观望和微弱的喘息。棋局已不属于它,但不可否认,它亦是这棋局的一部分。

聂卫平擅长"弃子",舍小利而谋大局,如此,这些被弃的棋子,是不是也是棋局的一部分?是的,这一部分牺牲者,是为最后的胜利最早冲锋陷阵的勇士。不仅仅是围棋,象棋也一样,那些甘愿当"炮灰"的"先行者",亦是运筹帷幄的关键一环。

一些看似已无路可逃的"死子",却也一样可以大有作为。天才棋手李世石用他的棋道告诉我们,哪怕看似被围歼的棋子,也一样可以被利用。他的成名绝技"僵尸流",就是把"死子"当活子用,一招"借尸还魂",将那些"死而不僵"的无数"死子"全部复活,击败无数大棋士,令人胆寒。

朋友兰姐是个传奇女人,9岁得了小儿麻痹症,突然就走不好路了。从那时开始,命运就开始在她面前设置了一个个障碍。小学毕业后,父母就不打算让她上学了,认为她残疾,即便上了学也没啥用。可是她跪下来哀求父母让她继续读书,父母拗不过她,勉强答应了她,但是前提是,只要有一次期末考试不是前三名,就自动辍学。别无他法,她只能选择没日没夜地学习,学习成绩始终在班级里名列前茅,她幻想着考上大学,一切都会好起来的。她考上了,但忘记了那所大学叫什么名字。只记得当时来了两个人,夹着黑皮包,对她上下打量了一番,告诉她,因为身体原因学校不能录取她,还鼓励她不要灰心,要像张海迪一样自强不息。

父母觉得这些年的"投资"都打了水漂,各种怨气都发泄在她头上。还有出路吗?兰姐想不开就喝了农药,在几乎死定了的情况下,鬼使神差地被人救了过来,却成了家里的负担。后来，父母狠心把无所事事的她赶了出来，希望她能靠自己的能力去闯出一番天地。她成了生活的"弃子"，居无定所，在亲戚的帮助下找了个小房子开始一个人生活。她不知道怎么活下去，但她知道必须活下去，不想证明什么，就想好好活下去，活出个人样来。

不想死，可死神老在她面前晃荡。一次偶然机会，与别人合买了一辆旧拖拉机拉煤。拉煤要经过一个火车道道口，旁边有个大斜坡。有一次刚开上斜坡拖拉机就熄火了，那边火车风驰电掣地开过来。刹车来不及了，她使劲踩离合，头趴在方向盘上，想着就这样死了吗？火车停了下来，拖拉机的前面都磨平了，当时她真的害怕。火车上走下几个人，气势汹汹地看着她。如果不是因为她是个小黄毛丫头，小脸吓得惨白，估计就要挨揍了。

兰姐捡过破烂，学过裁缝，开过翻斗车，也养过羊，生活逐渐有了起色。后来办起养殖场，逐渐开始种大棚蔬菜，并成立了自己的公司，形成了以蔬菜瓜果种植、畜禽养殖加工、农产品销售、农资服务一体化的综合性民营企业。现在的她生活很幸福，丈夫很优秀，一双儿女大学毕业也都有了各自的事业。她经常挂在嘴边的两句话，一句是："豁出去，一切都会好起来的。"另一句就是："死都死过了，还怕个啥！"

兰姐的经历告诉我们，在与命运的对峙中，假如可以把坏的人生加以利用，就如同利用好看似无药可救的"死棋"，一样可以不落下风。退一万步讲，无论你被命运糟蹋得多么不堪，无论你被生活扔进垃圾箱多少次，你仍是被阳光照耀着的。

在人生这盘大棋局里，只有死的棋盘，没有死的棋子。一切都可以推倒重来，把那些看似不可能的变成可能。所以，不要过早地为自己贴上"失败"的标签。莫做丢魂鸟，活着却如将死一般，哭丧着脸，仿佛见不到明天的太阳。要挣扎，要逆袭，要做飞蛾，扑向火，把翅膀碎裂的声音，当作擂鼓人的歌调；把烧焦自己的味道，当成献祭者的佳肴。

视 力

一张图，不近视的人看到的是爱因斯坦，近视的人看到的则是玛丽莲·梦露。毫无疑问，我看到的是爱因斯坦，我的视力还算不错，可是我仍旧盯着那张图看，这个时候格外地想近视一回——此乃谐谑之言，只为博君一笑。

这些年里，白天阅读，夜里写作，几乎天天"用眼过度"，但没有近视，只是稍微有些"花眼"的前兆——感谢父母给了我一双清澈的眼睛，远可望山望云，近可观花观己。

诗人祁人在一篇随笔里写自己年纪大了，雪上添霜，本来近视的眼睛又添了老花，只好配了一副具有双重功能的眼镜，镜片很特殊，一分为二，上为近视所用，看远；

下为老花所用,看近。于是,他感慨:向前看才能直面现实,向下看才能懂生活,光往上看,脚步发飘;光朝下瞅,腿沉缓慢;不往东西看,不往南北看,又找不准自己的位置。人生最难把握的视力,看来不是远近上下,而是看清楚自己。

人们总是喜欢往远看,常常忽略身边的景致,故而需牢记"望远观己"四个字。麦家说得更为透彻:"一个人的一生必须配备几副眼镜:一是望远镜,看远;二是显微镜,看细;三是放大镜,看透;四是太阳镜,看淡;五是哈哈镜,笑看人生。"

有一个关于狐狸的故事:早晨太阳出来了,一只狐狸看着自己的影子,说:"今天午餐我要吃一头骆驼。"它整个上午都在寻找骆驼。到了中午时分,狐狸看着自己的影子,说:"吃一只耗子也行。"这则寓言要告诉我们的是,无视自己的能力,盲目制订目标,最终必定徒劳。

一个人要认清自己,早晨影子长就以为自己是庞然大物,就自大地以为可以吃掉一头骆驼;中午影子短就又自卑起来,认为只有老鼠才是自己的食物。自大和自卑都不可取,唯有认清自身的真实力量,才能给自己量身定做切实可行的目标。

乔叶在短文《近视之心》中说:"让心近视些,再近视些，让心沿着最本真的道路前行。这条路就是：走在熙熙攘攘的凡俗之路上，却和虚荣不打招呼，和名利不打招呼，和世故的一切纷扰都不打招呼。只是做着自己喜欢做的事情，向着自己喜欢的境界飞翔，让双臂化翅，让尘心成蝶。"

说得极好，让心近视些，便无旁骛，一心淳良。当然，前提是——视力再差，也不影响一颗心去分清善恶，辨别美丑。

此刻，我擦拭着我的老花镜。并非视力下降，只是倦意导致了双眼模糊，但我还是不停地去擦拭老花镜。老花镜被我擦得青筋暴起，泥沙俱下，我越来越离不开它了，一辈子都天真幼稚，老了老了，还得靠它去辨别世界的真相。

每双眼睛里都有一抹洗不掉的黑色，像太阳里的黑子，这就注定了我们总有自己的盲区，总有看不透的东西。看不透就不去费尽心思琢磨，生活就是这样，有时候需要怒目圆睁，有时候需要双眼紧闭，有时候需要戴上眼镜，还有的时候，需要睁一只眼闭一只眼。

在风中传递信笺的孩子

我认识一个男子,妻子得了淋巴癌,男子变卖家当,倾其所有,陪妻子去北京治病,一边陪护,一边打着零工,给患者们送一盒饭,他能赚一块钱,他积攒的不是钱,是一点一滴的救回妻子的希望。整整六个月,他往返于医院和潮湿的地下小旅馆之间,不到四十岁的男人,一下子苍老得如同年过半百。即便如此,还是没能把妻子从死神手里抢过来。

妻子走了,那盆风信子还在。那是男子买给妻子的花,也是妻子最喜欢的花,她命里的花。她说她喜欢它的味道,"在风中传递信笺的孩子",她喜欢这样解释风信子。

两年之后,男子再一次出现在人们视野中,他再婚了，新妻温婉可人，他的脸上洋溢着幸福的光彩，人也有了精气神，年轻了许多。几乎所有人都鄙夷男子的善忘，因为在曾经的痴情的对照下，这善忘，真的是太刺心了。

我不知道如何评价这个男子，我只知道，他有权选择自己的生活，不能用道德去绑架他。他对前妻尽心尽力，做到了所有能做的一切，并无遗憾可言。他还有继续生活下去的权利，而且是精彩地活着。逝者如云，风吹而散，活着的人，还需前行。

男子把一切关于前妻的照片都收了起来。可是，风信子依然在。男子一如既往地喜欢风信子，他说那是前妻最喜欢的花，他会照看它一辈子。

风信子的花语是"只要点燃生命之火，便可同享丰盛人生"。所以，那男子拼了命地救妻子的命，就是小心呵护着那生命之火，不让它熄灭。尽管最后妻子的生命火焰熄灭了，但我想，妻子一定从中拨出了一朵，给了她的爱人，让他在这个尘世继续坚强地活下去。

第一次听到风信子这个名字时，我就无可救药地爱上了它，虽然那时候还没有见过它，但是我喜欢它的名字，在心里无数次地勾勒它那风姿绰约的身影。记得那时还在上初中，每逢周末总是会和父亲逛一逛花鸟市场。有一次，看到一个小贩正在兜售若干盆蓝色的花。说实在的，那花并不十分漂亮，香味也有点别扭，只是它那抹蓝色让我眷恋不已。终于在我的再三坚持下，父亲买下了它。我给它取名小蓝，放在家里的窗台上。每天欣赏着它的蓝色，在窗外天空辽阔的蓝的背景下，这小朵蓝，就仿佛是从天空的蓝里揉搓下来的一丁点儿，被我养起来。这份热情持续了一段时间之后慢慢冷却，以至于后来几乎忘记了它的存在。

冬天的时候它死了，虽然有些难过，但也明白这很自然，一切波澜不惊。然而，就在小蓝死去后没几天，我看到一期介绍花草的电视节目，当屏幕闪过"风信子"三个字时，我屏住呼吸死死锁定屏幕，当画面出现的瞬间，我竟然愣怔在那里。没错，就是我的小蓝！原来一直默默陪在我身边的小蓝就是我朝思暮想的风信子，只是那时我不知道罢了。这才想起小蓝在我身边的日子，曾无数次努力地用它那小小的花朵和淡淡的芬芳向我表明它的不俗，只是那时我还太年幼，还不知道如何去爱一朵花。失望中，小蓝走了，留给我一个蓝色的挥之不去的背影。花犹如此，人何以堪！

现在想明白了一件事，时常提醒自己，有的人，有些事，一旦错过就不再。落花落雨更伤春，不如怜取眼前人。

在日本岩手县大槌町的山顶上有一个特殊的电话亭,大家称之为"风的电话"。这个电话亭没有电话线,来的人却络绎不绝。他们要打的,是一个通往天堂的电话,想要说的话,就通过风来传递。而我更愿意把这个电话亭称为"风信子"——在风中传递爱的信笺。这是一种灵魂上的抚慰。如果你听得到,就让天空的蓝再蓝一分;如果你听得到,就让夜里的星再眨一眼;如果你听得到,就让心爱的人轻盈些,再轻盈些。

第五辑

在黑暗中出发

心有涟漪

向天空扔石子的人,并非在打一群鸟,而是向辽阔宇宙探听虚实。只是,那石子并未落下来,不知飞向了何处。也许是带着一颗心向上,飞向了夜空,溅起了一片星光。那星河里的涟漪,你是否能看到?

一颗石子扔进雾里,谁能看见雾的涟漪?

李叔同说:"我不识何等为君子,但每事肯吃亏的便是;我不识何等为小人,但每事好占便宜的便是。"在任何事上肯吃亏的人,不计较的人,心有涟漪。感激亦然。懂得感激,感激一切出现在自己生命中的人、事、物,就像微风吹过,一棵草向未踩踏它的那双脚点头致意;就像你对着山谷呐喊,山谷报以连绵不绝的回声,那回声在你的心湖上徘徊,如故人捎来的音信。如此,一个人的心,因懂得感激而存有谦卑，因懂得感激而荡出回响。懂得感激的人，内心是辽阔的，并泛着美丽的涟漪。

佩索阿说："我不匆忙，忙什么呢？太阳和月亮不慌不忙，它们是对的。"心有涟漪，如心有所倚，情有所归，才会不慌不忙、不骄不躁。这样的人坚信，风能吹灭一盏灯，也能在另外的地方吹亮另一盏灯。如涟漪消失在远方，远方也就有了希望。

人们总是愿意把美好的东西看了一眼又一眼。竹刻与书写的时代，节省了叙事；信息时代，节省了抒情。但是不论何时，美万万不可节省。心有涟漪的人，在这世上只服膺一种权威，那便是美。见到美，岂能不臣服！而且对于美，还自有一番高见：美要离得远一点，才会让人牵肠挂肚。

冯友兰爱猫，家里一直养着猫。有一段时期，家被抄了，人都吃不上饭，但他有时还是会问："猫有吃的吗？"还有一个人，因为酒驾进了看守所，偶尔会有猫偷偷顺着墙壁的窟窿溜进来，他便每天留少许馒头喂它。在他看来，这只猫就是命运的眷顾，不然，干吗非要跑到看守所来看他呢？这里没有鱼，没有老鼠，只有干巴巴的馒头。这只猫给他带来生活的乐趣，也带来心灵上的救赎。心上有猫者，是心有涟漪之人。

从心开始，一切始于心，那是所有美好扎根的地方。当然，如果你疏于打理，那里也会长满荒草，也会生出丑恶。每次出门，我都会带一本书，却不一定要打开它。我至少想带着它的气息，如同附庸风雅的人带着一把琴，却从未听见琴声响起，因为那琴是无弦的。心上有书者，心上有弦者，心上有花，心上有云，心上有风，心上有蝶，心上有涛……只要向上走着，向美望着，向善靠着，皆是心有涟漪之人。

不请自来的悲伤

有一种寒意，并非抱薪取暖所能化解。那是刮在秋风里的悲伤，途经我们，无法回避。这深秋，让我窥到一丝老式悲伤的影子。老式的悲伤是什么样子的呢？是皇家没落，帝王驾崩，一江春水向东流吗？是仕途中断，江郎才尽，望断天涯不归路吗？是，亦不是。我并非怀揣古风的老夫子，轻捻稀疏的胡须，把自古以来的悲秋之词轻轻吟出。我只是看到了四处飘零的落叶，有点像孤魂野鬼，不知归途；我只是看到了孤单的人走过的青石板，生出了苔藓；我只是看到了睡在大街上的人，用几张报纸盖身，抵御风寒；我只是看到了下夜班的女工，伪装男人的口哨声，为自己壮胆……

我打开一封旧信，上面溅着当年的泥泞，它再一次证实了，我们都是从泥泞中跋涉过来的人。当我翻看过往的照片，那些深埋在过去的悲伤，就又一次追上了我们。那年的西瓜很甜，也是一个丰收年，满地的西瓜又大又圆，恨不能轻轻一碰就炸裂开来。可是，我却称之为悲伤的西瓜，因为泥石流把村子通往外界的路封死了。满地的西瓜运不出去，全都烂在了地里。另一年的西瓜也丰收，西瓜也很甜，我依然还是称之为悲伤的西瓜，因为二叔在把最后一车西瓜装完后，累倒在地里，再没有醒过来。

我的脑海中，总是浮现出父亲唯一的一次哭泣。那天下了大雨，二叔的丧事料理完毕。父亲推开门跑进雨里，仰起头，向天空猛吼了两嗓子。我知道，他躲进雨里，是为了掩盖自己的泪流满面。

傍晚，公园的长椅上，一个流浪汉在唱歌，唱着唱着就睡着了。白天的太阳在长椅上留有余温，天气预报说，夜里无雨，他终于可以睡一个安稳觉了。临走，我在他身边抓住一只蚊子，我对那蚊子说，他难得睡一个好觉，你不该去打扰他。

我爱着矛的锐利，也爱着盾的坚固；爱着热的桑拿，也爱着冷的冰镇；我爱着面朝大海的海子，也爱着卧于铁轨的海子……悲伤不请自来，像桃山湖凌晨两点的烟花，像冷月升起的德令哈。

深秋已至,寒意袭人。可是在这深秋里,我看到了一簇小红花,仍在努力地开着,那一簇小小的火焰,以一己之力抵御着寒凉。我竟也抖了抖身子,有花开着,尘世便不至于冷到绝望。雁阵、瓢虫、稻草人、高云、落叶、天涯客。当你准备把这些秋天的事物进行描绘的时候,就相当于让这逝去的秋天回光返照。这些秋天的事物,一一呈现在我的眼前,虽然略感悲伤,但闪着各种各样的光。就像那小小的火焰一般的花,踮起脚尖儿与我耳语——坏天气里,更应该揣好明朗之心。

于是,我将目光投向自身,当我决定戒烟,并把身上的一盒烟扔进垃圾桶的时候,我听见了口袋里,那盒与之相依为命的火柴的哭泣。

于是,我将目光锁定一只猫,因为抓伤主人,惨遭遗弃。这给了我启示:你是否藏有尖锐的东西,不小心伤到别人?那是你的利器,却也是你的软肋。受爪子之累,猫自导自演了一出悲剧。猫本身温柔可爱,假如不是尖爪子惹了祸,依然岁月静好,福气绵延。而此刻,北风渐紧,它在野外饥肠辘辘,一声接一声地对着辽阔的山谷悲鸣。

于是,我将目光盯紧一队死伤大半的蚁群,终于抵达相对安全的地带。一个个喘着粗气,稍事休整,随着心情的平复,它们对那些破坏者的恨意也渐渐消退。蚂蚁虽小，但以万物之心，原谅了万物的过错。只是，就算不原谅，它们又能怎样呢？

　　菩萨有千只手，却依然令人心疼，那么多手，没有一双是用来拥抱自己的。

不　语

"沉默多好，不用阿谀奉承，说讨好巴结的话，一眼望尽万里山河，一心可纳风霜雨雪。嘴巴，除了吃饭，还是给它上了锁为好，乐得清静。"

这是我的"哑巴"兄弟在一张纸上写下的字，也算是给我的一种回复。因为我之前问过他，为什么那么喜欢沉默。要知道，以前我们七八个同学在同一间寝室，我和他住着上下铺，他可是寝室里最能说的那一个，总是熄灯之后很久，才缓缓关上他的话匣子。为此，我们没少受扰。如今，他却惜话如金，也不知经历了什么大悲大喜。问他，他竟然连嘴巴都不张，在一张纸上写出这文绉绉的话来。

他让我想到争强好胜的画眉，听见另一只画眉的叫声，就想用自己的嗓子压倒它，对方也不甘示弱，一直鏖战到天昏地暗，终于分出胜负。失败的一方恼怒不堪，从此不再鸣叫，变成了一只哑鸟。这不再发声的沉默里，藏着一种尊严。

此刻，我的"哑巴"兄弟，坐在屋顶上，如哑鸟一般悄悄摊开一地的月光。看到他，我想到尘世一些沉默的事物，这种沉默里，其实翻滚着更为澎湃的波涛，只是，那些波涛需要我们洗净灵魂的耳朵才听得到。

曾经，我亦是不语的少年，见到陌生人，总是一言不发，低着头摆弄自己的衣服，那样子就好像，一只鸟，在一根根地整理羽毛。

不语的屠夫，他只是冷漠，而非残忍。残忍是带有情绪的词，而他没有情绪，杀戮是他的活计，终止一个生命，对于他来说，就等同于从黄瓜架上拧下一根黄瓜。

不语的菩萨，捻指含笑，暗中指点你前路不明的命途。

不语的石头，或棱角分明，或左右逢源，任由风的雕刻。

不语的砂粒，在蚌的体内磨砺珍珠。

不语的月亮，在星河中排兵布阵。

不语的星群，在月亮麾下完成集结。

不语的蜘蛛，在八卦阵前运筹帷幄。

不语的蚂蚁，用触角感知人间的冷暖。

不语的花瓣，以花香结网。

不语的画作，用色彩呼吸。

不语的山墙，记录着很多人到此一游。

不语的天空，盘踞着两种颜色的云。白色的正在擦拭流言，黑色的忙着毁灭证据。

不语的路灯，伸长脖子，尽力把光照得再远那么一寸。

不语的床板，吸纳梳理着呻吟、甜言、谎话、鼾声和梦语。

不语的母亲，在暗夜里飞针走线，所有的针脚里，都埋着她关切的眼神。

不语的父亲，像那棵老树，为我们鞠躬尽瘁。不舍昼夜，开出更多的枝，散出更多的叶子，为我们遮风挡雨。老了，伐倒，制成棺材，树根又可拿去做根雕之用。

有时候，不语是情感里的至臻境界，就如加缪所说"年轻时，我会向众生需索他们能力范围之外的：友谊长存，热情不减。如今，我明白只能要求对方能力范围之内的：陪伴就好，不用说话"。不论是友情、爱情或者亲情，默默陪伴是唯一的真谛，当我们学会享受那份宁静，便都会从那沉默中获得安慰。

川端康成以不语闻名，一个女记者在采访他的过程中，他一言不发，用那双阴郁忧愁的眼睛望着女记者，足足有半个多小时，最后那个女记者崩溃大哭，跑开了。世人都说那沉默里有大海一般的深邃，也有冰山一般的冷峻。看吧，我已经无所不用其极地在夸赞。可是，从世俗的眼光来看，那明明就是不善言辞，不懂人情世故嘛。但就是因为他是川端康成，所以就变成了他的独有的特色。那么，努力让自己变得伟大起来吧，那样，你的短处也就成了你特立独行、与众不同的气质。

不语者，经常被看作是智慧的，而那些喋喋不休的，和满院跑的土鸡毫无区别。

所谓宁静，不是没有声音，而是忘记自我。日本诗人谷川俊太郎说："说很多话是很浅薄的，我私底下是最不愿意讲话的人。"不语的他却通过诗歌，为我们打开了无数个话匣子。

洞悉一切又沉默不语，冷眼看着无助的人们泅在暗处的河流。和谷川俊太郎一样，我也不对任何事情说任何话，只是默默地看着他们，怀着悲悯之心，看大雪铺天盖地，白床单一样。

年轻时阅读到好作品，常常会赞不绝口，甚至拍案叫绝，而今，读到好作品的精妙处，却往往更沉默了，在那沉默里，收获了更多的谦卑和谨慎。哲学家维特根斯坦也说："对不可说的东西，应保持沉默。"我希望某一天，有人在评价我的沉默时，会这样说——在朱成玉的沉默里，能看见雪，苍茫一片，也能看见繁花，如锦似缎。

悔是人生的补丁

电影《一代宗师》里有一句台词:"我在最好的时候碰到你,是我的运气。可惜我没时间了,想想,说人生无悔,都是赌气的话,人生若无悔,那该多无趣啊。"人生便是充斥着惊喜与懊悔的一段历程,每个人都不例外。人生若无悔,真的是很无趣的。就像那些善于自嘲的人,往往都是有趣的人。他们敢于放大自己的缺点,博人一笑的同时,展示给别人的却是非凡的自信与豁达。

悔,即为反省。善悔者的衣兜里总有一面镜子,胜时见真,败时照妖。说白了,就是善于反省的人,在好的局面下,会自我掘金,总结成功之道;在坏的局面下,会自我洗涤,反省失败的教训。

东汉时期有个太守叫第五伦,才学与人品俱佳,深得皇帝器重。木秀于林，风必摧之，这样优秀的人自然免不了受到别人的嫉妒，各种诽谤他的谣言漫天飞舞，有说他殴打过岳父的，有说他与亲戚不合，与邻居不睦的，有说他表里不一，阳奉阴违的……当然，这些谣言在他的言行下慢慢地就不攻自破了。

　　任职太守期间，他清廉奉公，不仅自己亲自喂马，他的妻子也是自己下厨，家里基本上都是这夫妻两个自己打理的，而自己的俸禄留下维持家用的，剩下的都给贫困的老百姓了。有的人就很好奇，说你看起来这么清正廉洁，一定就是别人说的大公无私了吧！他却说了"不"，他说——过去有一个人送给我一匹千里马，虽然我没有接受，但是每到三公选拔举荐官员的时候，我心中总是对这个人念念不忘，当然，到底也没有任用他。还有一件事说明我有私心的就是，我哥哥的孩子曾经生病了，我一个晚上去探望了十次，但是我回来之后就安稳地睡觉了，睡得很安心。而我自己的儿子得病了，我一次都没有去探望，但是我整夜都睡不着觉。你看我都有这样的行为，难道说我没有私心吗？

　　按理说，人爱自己的孩子，看自己的孩子比别人的孩子好，关爱自己的孩子比别人的孩子多，这是人之常情，但这是凡人的人之常情，对于那些想成圣成贤的君子来说，他认为这就是自己私心的表现了。

看吧，这反省多么认真而深刻，堪称反省的极致。

卢梭亦是"一日三省"的典范，他袒露自己难以遏制的情欲、羞于启齿的秘事、卑鄙无耻的念头。敢于撕毁华丽虚假的外衣，忍痛挖去品行上的毒瘤。这样的自我解剖式的反省，需要极大的勇气。

回到我们的日常生活中来，人的私心表现在生活的很多细节里，比如排队的时候，不论你排在哪个长龙里，都会认为它是最慢的一队；比如等公交车的时候，希望每一趟都快点来并且停下，上了车之后，又希望快点开，并且每一站都不再停下。

能够弥补灵魂缺口的，唯有反省。当你自诩为成功人士，拥有卓尔不凡的观察能力时，是否清点过母亲脸上的皱纹有多少条？当你的世界一片浑浊，充斥着谎言与陷阱，你是需要一滴眼药水，还是一阵疾风骤雨？在爱人的纯洁面前，你的谎言是否无地自容？当别人不厌其烦地铺陈自己惨痛家史的时候，你有没有像其他人一样，如同饥饿的饕餮，时刻等待着用别人的不幸充饥？

三月，鸡鸣寺的樱花开了，前来赏樱者络绎不绝，人山人海。人们在赏花的同时，也会因为人挤人而苦不堪言。为此，寺庙里的人设置了"反悔门"，假如你累了，想中途退出,他们就会引导你从"反悔门"出去。

如果这个世界有后悔药,那一定在鸡鸣寺。他们会告诉你:苦海无边,回头是岸;我佛慈悲,许你反悔。

笛卡尔说:"我思故我在。"我说:"我省故我醒。"悔,就如同爬到树叶上的虫子,所过之处,伤痕累累。悔,又是补丁,缝在人生这件衣服上,虽看着丑旧,但足够你抵御风寒。

镜 子

很多人都喜欢对着镜子，把自己化装成陌生人。又有多少人，年轻的时候喜欢对着镜子孤芳自赏，老了之后却总是躲着它，嫌弃镜子太过真实。

在一面镜子面前，我伫立良久。认清自己，是一件很大的事，仅次于爱、思考和呼吸。我钻进镜子空空荡荡的水银中，试图抓住真实的自己，真实的我深不可测，怎么也捞不出来。

我的一个男同事，是一个爱照镜子的人。爱美？好像不是，他经常不修边幅，邋里邋遢。可他就是爱照镜子，甚至放一面镜子在包里，这很是让人捉摸不透。直到有一次，他的镜子不小心被打碎了，他竟心疼得掉了泪，他说母亲临终时，这个小镜子一直在她枕边。他一厢情愿地认为，母亲的魂魄，就附在这镜子里。

《阅微草堂笔记》里有一篇关于镜子的小说：

> 外祖张雪峰先生，性高洁，书室中几砚精严，图史整肃。恒鐍其户，必亲至乃开。院中花木翳如，莓苔绿缛。僮婢非奉使令，亦不敢轻蹈一步。舅氏健亭公，年十一二时，乘外祖他出，私往院中树下纳凉。闻室内似有人行，疑外祖已先归，屏息从窗隙窥之。见竹椅上坐一女子，靓妆如画。椅对面一大方镜，高可五尺，镜中之影，乃是一狐。惧弗敢动，窃窥所为。女子忽自见其影，急起，绕镜四周呵之，镜昏如雾。良久归坐，镜上呵迹亦渐消，再视其影，则亦一好女子矣。恐为所见，蹑足而归。后私语先姚安公。姚安公尝为诸孙讲《大学》"修身"章，举是事曰："明镜空空，故物无遁影。然一为妖气所翳，尚失真形。况私情偏倚，先有所障者乎！"又曰："非惟私情为障，即公心亦为障。正人君子，为小人乘其机而反激之，其固执决裂，有转致颠倒是非者。昔包孝肃之吏，阳为弄权之状，而应杖之囚，反不予杖。是亦妖气之翳镜也。故

正心诚意,必先格物致知。"

这则故事并未给我们展示多少诡异的细节,而是借此阐发了一个道理:做人要想真心诚意,必须先革除自己的私心物欲,客观透彻地去了解事物的真相。以正确的认知见解待人处事,才不会被邪念和傲慢所蒙蔽。

镜面上的斑痕,不是你的斑痕,可是很多人,会将其视为自己的斑痕,于是警醒者有之,自卑者有之,自我宽宥者亦有之。如此说来,镜子照见的,乃是最深处的那个自己。

海德格尔认为,大多数人一辈子更喜好避开自己,而不是认真寻找自己。镜子,无疑为我们提供了寻找自己的路径。你敢不敢拿出一面镜子,照一照你的灵魂?你不敢,你怕照见真实的自我。

为了远离"真实的自我",人们开始狂奔,新住宅、新汽车、时髦的服装、体面的朋友、显赫的事业,当然,现在单单是一个手机,就可以让我们足够匆忙。真实的自我,被打入十八层地狱,再也见不着了。我们,感到安宁了吗?还是更狂躁了?

镜子,照我皮囊,也映我灵魂。托尔斯泰写作时,习惯在对面放一面镜子,写一会儿,就抬头看看镜子里的自己，看着看着，就不自觉地流出泪来。同样是照镜子，黑泽明照出了大师级的自嘲——我是一只丑蛤蟆，在镜子前一照，吓出一身油，可用以治疗烧伤。

一块镜子碎成两半，天鹅正欲悲伤，却忽然惊喜地发现，自己多了一个舞伴。

一面镜子碎了，还有更多的镜子立起来。

你来人间一趟

这世上，有些地方是花的海洋，但更多的地方是野草丛生。有些人的悲惨身世，是唢呐吹出来的；有些人的悲伤故事，是用笔写下来的；有些人的苦难经历，是用血涂出来的。这世上，总有人与你一起去分担一些悲伤。你不必恼恨那些忧愁层出不穷，你要庆幸那些与你分担的人，像野草一般。之所以用到"野草"这个词，因为它们生生不息。就像小时候父亲领着我去地里锄草时说的那样——草这东西是锄不完的，你爷爷锄了一辈子草，死了，它们还照样从他坟头冒出来。这种生生不息也是人活下去的希望，就像那水边的稻草，即便无用，也仍然会被落水的人抓在手里——那是最后的生之藤蔓。

这个世界，锁很多，钥匙很少；走得越快，生活就越陡峭。雨后，越来越多的竹笋冒出来。看，这人间啊，正直的部分总是不可阻挡的。你来人间一趟，就该向它们看齐。

来人间一趟，如果你是某个器官里的结石，即便你存在着，但又有什么资格热爱这个世界。权力、巨款、情爱，经常使人消化不良。如若没有备好健胃消食片，建议你们还是不要贪吃，欲望长了一尺，灵魂就瘦了十分。

海子说："你来人间一趟，你要看看太阳，和你的心上人。"我并非生活的主人，而是仆人，我甘愿如此，听从某种神秘的号令。

你来人间一趟，要历经恶与善，有人白日里唇枪舌剑，钩心斗角，夜色中推杯换盏，握手言和。就像《青春变形记》里说的那样，"重点不在于推开不好的东西，而是给它腾出空间，和它共存"。共存，是一种智慧，关乎做人与处世等多个层面。比如恶，根本无法从这个世界上根除，善恶相依。它存于人的心上，就像健康人身上不是没有癌细胞，而是那癌细胞始终被压制着，以正压邪，不作恶的癌细胞就是无害的，而且还会给予我们警示，那又何必担心与之共存呢！

吴国的鼓，为吴国呐喊。越国的剑，为越国厮杀。如果非要共享某些东西，那就去仰望月亮，这是所有人共有的，一颗硕大的泪滴。

恶有大有小，善亦然。小善是我陪你疼，大善是我为你止疼。

你来人间一趟，实则是进到一座樊笼里。世间皆为樊笼。为情所困，为利所囚，为生活所迫……哪怕是自由，这个看似有着无拘无束之意的词语亦有它的局限性。当你把自由看成是追求的目标，那么其实你便已经存在于"自由"的樊笼。天穹之下的万物，哪个不是在樊笼之内活着？只是樊笼大小不一而已。格局开阔的，樊笼便可撑大些；格局逼仄的，樊笼便收缩得紧。

多少人都蜷缩在自己的梦里，为重逢欢喜，为别离叹息。当你在牢笼里，你的睡梦也不是自由的。世间皆为樊笼，倒也不必惶惑。只要你敢于相信，自己能作茧自缚，亦可破茧成蝶。那时，你便可以对着命运说，如果你买下我的开始和我的结局，那我就在那中间地带上，为自己暂时摆脱你的捆缚，策马奔腾一回。

你来人间一趟，要想活得明白，首先要过"糊涂"这一关。很多"明白"就藏于"糊涂"之中，就像一碗糊涂粥，若向前追溯它的前身，总会寻得棱角分明的玉米粒。

不管是明白还是糊涂，最重要的是要快乐。三毛回复不快乐的女孩的信，要经常拿出来重温——不快乐的女孩子，请你一定要行动呀！不要依赖他人给你快乐。

　　使人快乐，这是一件多么神圣而又意义重大的事！我愿意为此，蘸着每一天最纯净的露水，写出让人愉悦的字来。一日不写字，全身不自在。当然，我总是愧对于我的读者，总是一再申明，不要试图从我的文字里得到解药，我两手空空，厨艺不精，只能端给你一碗不算高级的汤，但它是热的，可温胃暖心。你遇到它，它遇到你，皆为缘分。且让我们彼此珍惜，随遇而安，殊途同归——来人间一趟，做个清爽的人，含一颗露珠，驱病消火；来人间一趟，做个轻盈的人，挑两肩鸟语，怡情养心；来人间一趟，做个好好的人，怀一身赤诚，追梦逐爱。

缝 补

　　一把旧椅子的一条腿断了，不用找木匠，自己修一修，还能继续坐着。哪能什么都求别人呢？父亲就曾经这样和我说："谁一生没个磕磕碰碰的，能自个儿修就自个儿修。"这生活里，需要修修补补的地方多了，谁的一生没有点儿缺失和漏洞，没事儿就修修自己。残破不怕，别凋零就好。残破，我们还可以一点一点把它修补好。而凋零，却是让一颗心跌落深渊，永远无法再攀登上来。

　　有时候，我总是喜欢向灵魂发问——你的故事七零八落，有没有人可以把它们缝到一起？把那些故事都缝起来，悲剧是不是就可以有一个美满的结局？所有丢失的时光，都缝在了一起，死去的灵魂是不是就活了过来……

　　抗日名将陈中柱将军在一次战斗中壮烈殉国，被日军割掉头颅。其夫人王志芳孤身一人闯入敌军司令部，索要将军头颅，并以死相挟。日军司令被其举动震惊，双手奉上装有将军头颅的木匣。夫人在昏黄的灯光下，一针一线把将军的头颅与身体缝合，一边缝一边说："你疼吗？忍着点儿啊，我的心比你更疼啊！"

——这是悲壮的缝补。

我不会缝补，但母亲经常让我帮她"引针"，我把一根线小心地穿进针眼，交给母亲，母亲就替我，把生活里的漏洞缝补好。当然，总是要有些痕迹的，母亲，用最小的针脚，尽量使那些痕迹淡一些。这是来自母亲的手艺，她用最温柔的手，为受到创伤的儿子，给予最妥帖的关爱。而现在，母亲看不见了，缝补的事情便由妻子来做了，她也会让我帮她"引针"，妻子低头缝补的时候，我看到她的头上很多白发如野草般蔓延，以至于当我把针线交给她的时候，经常出现错觉，以为把针线再一次交到了母亲手里。这两个我生命中最重要的女人，接力为我缝补着破碎的日子，使它们尽量圆满，看不出悲伤的痕迹。我把妻子手指上的顶针和戒指同时取下来，发现它们留下的印痕是如此相似，一个是贫穷的烙印，一个是幸福的痕迹，或许，它们本来就是孪生姐妹。

——这是温情的缝补。

一对父母为夭折的孩子写了这样一段墓志铭：

> 墓碑下是我们的小宝贝
>
> 他既不哭也不闹
>
> 只活了二十一天
>
> 花掉我们四十块钱
>
> 他来到这个世上
>
> 四处看了看
>
> 不太满意
>
> 就回去了

孩子的离去，让这对夫妇的心上裂出巨大的伤口，但他们必须面对现实，还要用无数的光阴去补缀那裂痕。

——这是悲伤的缝补。

我家门前的那条马路，经历了无数次手术，又无数次愈合，转眼间又开始化脓，又一次被切开皮肤。仿佛那条马路下面埋着无数黄金，必须进行反复搜寻，却又一次次无功而返，害得它浑身贴满膏药。

——这是另类的缝补。

余华在《文城》中写道："人生这道题，怎么选都会有遗憾。夜深人静，就把心掏出来缝缝补补。一觉醒来，又是信心百倍。活着，就是要逢山开路，遇水架桥。自渡是能力，渡人是格局，睡前原谅一切，醒来便是重生。"生活本身就是数不清的碎片，哪个人不是反反复复，缝缝补补。能覆盖我的，总是低于我的尘埃。能缝补我的，总是比我更凄苦的补丁。与其埋怨支离破碎的生活，不如去认真缝补伤痕累累的心。

对于这个残缺的世界，所有的灯光，所有的花瓣，都是一种缝补。我们用一个个美梦，缝补着那些四处漏风的夜晚。漆黑是夜晚的皮肤，但灯光是夜晚的眼睛。继续睡吧，人过中年，要省下一半的力气，去应对后半辈子的鸡毛蒜皮，更要留下一半的力气，去缝补前半辈子留下的伤口。

欠

"小祖宗,上辈子欠你的。"在母亲口中,听过这样的话。儿时听着,如玩笑一般,面对母亲故作嗔怒的样子,回以调皮的鬼脸。这透着慈爱的埋怨,如今回想起来,就渗着泪光了。在那泪光里,看到了我欠母亲的一沓欠条。我欠她将我诞生时的疼痛,欠她的子宫——这个世界上最温暖的巢,八斤三两的负重;我欠她温暖的怀抱,欠她幸福的托举;我欠她一千句祈祷,欠她一万句叮咛;我欠她目不可及的远方,欠她近在咫尺的光;我欠她卖掉的300毫升鲜血,欠她生生不息的流淌;我欠她佝偻的、越来越小的背影,欠她永无止息的燃烧;我欠她落满头顶的雪,欠她遍布手掌的皴裂;我欠她为我剥的一口袋瓜子瓤,欠她用胃给我带回来的口粮;我欠她大半生的补丁，欠她一件崭新的衣裳；我欠她一次远游，欠她与大姊的临终一别；我欠她一盏明亮的灯，欠她一双值得信赖的拐杖……

我欠得太多，一张纸无法写下，一首诗无法言尽。这世上，其他债务或许都可以偿还，唯独欠母亲的，永远无法还清。

人生，其实就是一个欠债和还债的过程，从出生开始到入土结束。父母赋予我们生命，我们为此而欠父母的；叔舅姑姨给予我们疼爱，我们因此而欠他们的；邻人乡亲带给我们关爱，我们同样也欠他们的……我们在银行存下钱款，在生命里存下欠条。

岳母患了重病去省城治疗，岳父身上一下子就被一堆落寞无助捆住了一般。他跟着要去，车子坐不下，又没人照顾他。那一刻，他是多想陪在老伴儿身边啊！

他们吵架，常常是早上吵完中午就能心平气和地唠嗑了。两个人谁也不让着谁，常常吵得昏天黑地。两个人掐了一辈子，可是明明却又都很在意对方。岳母在手术前交代后事一般叮嘱我们："你爸馋，爱吃肉，有时间就给他多买点好吃的。我欠他的，你们替我还吧。"

在公园长椅上，我总能见到一个驼背的老人。他并不像其他流浪汉那样邋遢，行李卷打得很工整，人也比较干净。每天夜里，都在那长椅上睡觉，如果下雨了，就会躲到亭子里，虽然挡不住从四面八方刮进来的雨，但总比完全暴露在外好一些。如果行李被雨水打湿，就趁着第二天太阳出来，赶紧晾晒。如果是连雨天就惨了，只能忍受潮湿的被褥。

我走近他，问他来自哪里。他闭口不谈，只是有些内向地向我微笑着。或许我还不具备打开他锈迹斑斑的心门的能力。第二天，我又去了那里，我不死心，就是想问出点名堂来。可是，一连好几天，不见他的踪影。我隐隐有些不好的预感。他去了哪里呢？直到冬天的时候，他冻死在雪地里，四肢摊开，像树上掉下来的一截枯枝。

我欠他一度温暖。哪怕给他一点儿零钱，杯水车薪，但聊胜于无。

一个喜欢唠叨的朋友在朋友圈发了一段话，前天是因为欠了电费被断电，昨天是手机欠费而停机，今天是煤气欠费给停掉了，她歇斯底里甚至爆了粗口，在她眼里，生活似乎就是各种亏欠。她只看到世界亏欠她的，却忽略了她亏欠世界的。

我们这个小城里，有一个被传得神乎其神的"催眠师"。有一天，爱人和闺蜜心血来潮也去尝试了一下，在催眠师的催眠下走进了"前世"。爱人说她看得清清楚楚，在前世她是一个有钱人家的翩翩公子，而我是她的一个瘦小的书童。她犯了命案，我去为她顶了罪，所以今生我们在一起。她亏欠我，她是来偿还我的。我不喜欢这样的剧情设定，不喜欢我的爱，是因债而来的。

曼德尔施塔姆说："我将不向大地归还，我借来的尘土。"这是最具诗意的欠债不还的"无赖"。与之相反的，是那个固执的，拼了命往卡夫卡的墓穴里跳的女人——朵拉，她在飞蛾扑火一般地去还债。

诗人刘怀彧写过一首《一叠欠条》，令人印象深刻，他写道：

> ……
> 你还欠母亲一夕婴儿般的陪伴
> 欠孩子一次兄弟般的谈心
> 欠故乡一回荷锄夜归的料理
> 欠山川大地一趟低眉顺眼的叩访
> 欠日月星辰一份空杯以待的谦恭
>
> 当然，你欠的还远远不止这些
> 这许许多多的欠条
> 将把你和这个世界

紧紧地捆在一起

你债台高筑
须每天以汲汲偿还之心
做光明美好之事

这"以汲汲偿还之心，做光明美好之事"，该是我们所有人的座右铭，以示警醒——多少人，在通往房子、车子、位子的路上越走越远，来不及回头，他们欠灵魂一张纯净而缓慢的摇椅。

米粒儿童言无忌，爱与恨总是表达得恰到好处。临睡前，她充满怨气地对我说："爸爸，你都有一万年没有给我讲睡前故事了。"我敷衍着："等过几天爸爸给你多讲一些，今天爸爸太忙了。"

"那好吧。那爸爸要在我这屋写文章可以吗？"

"好的。"我把笔记本电脑拿到她的小书桌上写作。深夜时，我去给她盖被子，发现她睡的地方，紧靠着床的边沿——她只是想离我再近一点！

从她的睡姿里，我看到一个孩子的孤独，和她小小的悲伤。

我欠她的，不仅仅是几个睡前故事，还有，一整个童年的陪伴。

不知什么时候，心变得硬了，结了厚厚的痂，给自己设了一圈保护层，不再轻易为什么感动，我欠了这个世界一腔柔情。欠爱人一捧玫瑰，欠陌生人一个拥抱，欠好兄弟一次开怀痛饮，欠一朵云一次深深的凝望，欠流浪狗半个馒头，欠樱花一首诗，欠父母一个电话，欠故乡一张车票，欠良心好剧一个好评，欠善心义举一声赞叹，欠风雪里的烤薯人一声大喊——"嘿，来俩地瓜，再加仨土豆"。

法云寺的开山祖师，法名三段。圆寂时断头断身断腿，一段喂鸟，一段养龟，一段饲鱼。生来就是欠着的，死了，一切都还回去了。

梁凤仪说：想拥有恋爱时的甜蜜，就得预备有失恋的痛苦；想有儿女承欢膝下，也必有半生儿女债的负担。

要想得到什么，首先需要你在心中，给自己打下一张欠条。

每次从母亲身边离开，母亲就开始掰着手指头数着我们离开的日子，于我们来说，这离开的每一个日子都是亏欠的债。母亲的眼睛再无光亮，在黑暗里，没有别的事情可做，唯一的念想来自回忆，以及对我们早日聚拢身边的期盼。于是，请了个小长假，准备什么事情都不做，专门回家陪陪老母亲。这也算厚厚的欠条里，随便抽出来撕掉的一张吧。

我将揣着我的欠条，去探寻大地苦难而空旷的秘密。我得到了大地的承诺，保证每一双伸向它的手，都不再颗粒无收。

我揣着众多的欠条，虽然步履沉重，但走得更稳当了。

我是一张大地之上的欠条，终将还给大地，我全部的精血和骨肉。

敲一敲灵魂的骨头

一头牛死了,我吃了它的肉。它活着的时候,我吃的是它耕耘的庄稼上打下的粮食,它的生与死,都被我吃了。我为此多出来的两斤体重,还被我诅咒,它们固执地附在我的骨头上,怎么也减不下去。

诗人雷平阳写过一首诗《杀狗的过程》,读起来简直触目惊心,他写主人杀掉自己养的一只狗,一刀扎进脖子里,狗跑掉了,主人朝它招招手,它就又爬回来,主人又一刀扎进它脖子里,它又跑掉了,然后主人又向它招手,它又爬回来,一共重复了5次,最后,它死在爬向主人的路上……其实,这样的事情在某些地方司空见惯,雷平阳只不过是老老实实写出了这个看似血腥实则太正常不过的场景,或者说瞬间。以旁观者的身份,用冷静的笔触揭示了一种生活的常态。而我却做不到像一个旁观者那样，我已置身其中，仿佛那刀子插入的是我的喉咙，我就这样无比悲伤地感受着，一只狗的寒冷，以及渐渐衰弱的心跳和信任。

　　吴奶奶的儿媳妇是远近闻名的泼辣户，在家作威作福，什么都是她说了算，吴奶奶也自然不受她的待见。吴奶奶做什么她都看不惯，觉得她年纪大了，碍事，又怕她哪天病了成为他们的负担，于是心里早早就盼着她快点儿死。吴奶奶的儿子怕老婆怕得要死，整天在媳妇面前紧缩着脑袋，大气都不敢出的样子，指望他替吴奶奶说句公道话，维护一点儿吴奶奶的尊严，更是痴人说梦。吴奶奶心里憋得难受，就常常到牛棚里，抚摸着牛的头，和它唠叨几句心里的委屈。有一年晚秋，吴奶奶上山去割草喂牛，到了晚上，那头牛的肚子就越鼓越大，不知为何倒在地上起不来了。吴奶奶匆匆忙忙地跑到镇上去请兽医，兽医赶到的时候，牛已经死了，幸运的是生下了一头小牛。泼辣媳妇怪她割的草有问题，叉着腰，破口大骂，不堪入耳的话从她嘴里吐出来。吴奶奶实在受不住，回了她两句，她索性抡起锄头就往吴奶奶脸上挥去，没过多久，吴奶奶就去世了。

　　过了几年，在一个春天的时候，吴奶奶的儿媳妇在田里劳动，她家的牛在旁边吃草，这头牛就是那头稀里糊涂死掉的牛生下的。正当她弯下腰的时候，那头牛突然像发了疯似的，一下子跑过来，用牛角将她顶在头上重重地摔了下去，头砸在了石头上，当场就死了。有人说，吴奶奶把怨气附在了这头牛身上，就等着机会去索她儿媳妇的命呢！

这是很小的时候，外婆讲给我听的。她说，做人得敬着生灵，得孝顺父母，不然这世间就没了公理，就黑乎乎的见不着日头了。我更愿意解释为，冥冥中，乡村也有自己的禁忌，谁若是触碰了它的底线，是不得善终的。善有善报，恶有恶报。因为我相信世间有公平，就如同相信夜空有星，大海里有鱼，灵魂里有骨头。

可是充满讽刺意味的是，此刻，我身上的火锅底料和涮羊肉的味道还未散去，就迫不及待地为远方的羊群写起了诗歌——嗨！你们模样俊俏，你们肉质鲜美……

佛祖说，只要你搭好高台，我便来说法。可是，多少人总喜欢往菩萨面前站一站，请求原谅这一周的过错，离开之后，继续开始新一周的尔虞我诈，纵欲狂欢。

用铅笔写的情书

年轻的时光里,在爱情中出入频繁,经常收到一些精致、小巧、美丽,小心翼翼封口,邮票贴得颠三倒四的纸片——被文艺范儿们称为"情书"的那种玩意。而我自己,也极擅长经营此道,如同孔乙己自诩能写出四种茴香豆的茴字,我也能把情书写出不同的花样来。比如那年,我用铅笔给恋人写的情书——铅笔短了,爱却长了。

我在信纸上袒露心扉,内容已不局限于情情爱爱,而是上升到关心发烧的社会肌体,体悟世态炎凉人情冷暖的层面上来。韩寒说过,很多人的撒谎体验都是从作文开始的,而为数不多的认真话体验,则是从写情书开始的。这话同样适用于我,一个外表沉默文质彬彬而内心澎湃摩拳擦掌的"愤青"。也许是我这份激情令恋人平静的生活生出一丝涟漪，她竟也开始用铅笔给我回信了。与我一起揣测命运的走向，一起分享角落里的花开花落。

一封封情书把彼此间的思念变得很短，短到睁开眼时，记不得美梦的来龙去脉。又一支铅笔，在白纸上奔跑了一夜，它身心俱疲，变成了粉末。而我，得以在它渐行渐远的蹄痕里，收获了我的爱情。

并非所有的情书都是美丽轻松的，也有不愉快的时候。比如面对两个人未知的将来时，想到一些阻力，而无力去改变，便会将这坏情绪带到信纸上，就像静美的平原忽然刮起了大风，风里还裹挟着沙尘，迷了眺望明天的眼。一些令人黯然神伤的话，便各自亮了出来，如同寒光闪闪的匕首，逼迫着彼此，做出最决绝的了断。

我的静默，终究凄婉成一地的铅笔屑。我知道，我碎掉的心，再也无法完满地愈合，就像我无法将这支铅笔还原成一棵小树一样。幸运的是，不论我们的情感经历了多少波折，最后还是收获了一个童话般的结局——过上了幸福的日子。

于坚在他的文章中写道："铅笔是一种有生命的东西，它会变化，会破碎。它不是一成不变，它可以更改。你可以慢慢来，错了，再擦掉。"

铅笔是有大胸怀的，对一切模棱两可都体现出宽容——你尽管写，写错了我就用屁股上的橡皮给你擦掉。这像不像某些纵容孩子的家长？

铅笔被放在笔筒里，似乎隔绝了一切，但它马上会用一种叫"素描"的技能将一切还原：向日葵、桃花、美人、旧日门楣……都会被它画出来。

人过中年，内心开始平静。生命中一些耿耿于怀的不愉快，也开始渐渐地风干。才知道，什么都是渺小的，唯有时间是最伟大的。因为它能将恨从笼子里放出去，成为满地跑的可爱的小鸡小鸭。因为它能将疼痛藏起来，磨砺成价值连城的珍珠。

很多年后的一天，妻子问我，当初为什么总是用铅笔写信呢？我说，铅笔能体现一种为爱献身的精神，你看，它像不像一根看不见燃烧的蜡烛？它用它的呕心沥血，成全了我们满纸的情意绵绵。还有，用错了某个词，或者说错了某句话，我还可以改过来，铅笔允许你犯一些小错误，告诉你，生命中可以有原谅，可以有回头路，可以有重新走过的机会。只要，你在心里时刻揣着一块叫宽容的橡皮。

在黑暗中出发

在攀登珠峰的路上有座遇难者墓碑，记录了所有在珠峰丧生的登山者，看到它，心里不是恐惧而是敬畏——在冲顶的路上有很多遇难者的尸体永远保存在那里，成为登山者们的路标。

常有人问登山探险家王静："为什么8000米级山峰的登顶行动都是从黑夜开始？黑暗中的风险不是更大吗？"王静回答道："其实答案非常简单：在黑暗中出发，才能在光明中登顶，在阳光普照中安全下撤，迎接下一座'山峰'。"

在黑暗中出发，依赖的绝不仅仅是粗莽的勇气，还有在黑暗中洞察一切的睿智，以及依靠自身点亮的那一盏信念的灯。

日本的明石海人写过一句歌词："像生于深海中的鱼族，若不自燃，便只有漆黑一片。"这是大岛渚导演生前最爱的歌词，曾经手写无数遍以自勉。明石海人25岁患了麻风病，39岁逝世。从患病起就一直住在疗养院，痛苦直至生命的最后一刻。《白描》是他在疗养院写下的记录，读来会生出一种深深的对生命的敬畏之心。日日夜夜承受着莫大的痛苦，仿佛深海里承受黑暗和巨大压力的游鱼，活着本身即为一种煎熬。但是在这样的痛苦和暗夜里也是有着光芒的，那不是太阳，不是星星，也不是火焰，不是外界能够给你的任何凭依，只是自己内心的那一点点信念的鳞片，在闪着微弱的光。这是一种我们不曾有机会去体会的直白的力量，没有谁能够帮助你的时候，也许我们本身远比想象中能够承受那些可怕的黑暗和压力。当你以为痛苦绝望的时候也许并不是终点，坚持下去，希望或许就在第二天黎明，或许就在下一个路口。

这条自燃的海底游鱼，那纯净的火焰，灼灼燃烧，像传递的火把般带给我们不息的力量。人生必须透过黑暗，才能看到光明。我们应该感谢明石海人，在那样的苦难之下依然可以写出这样的文字，阴暗中透出微光，像是从淤泥里开出的花朵，那是渗着血和泪的瑰丽。

我们应该庆幸自己正在好好活着，还能够花前月下，还能够呼朋唤友，这才是我们最宝贵的财富。但更多的时候，我们几乎无视了这样的幸福，只有当快要失去的时候，才会惋惜和痛苦。正如后来他又写到的："出世才更知世，别离才更懂爱。当身处无光的暗日，也许才能发现自己内心闪烁的青天白云。"

"黑暗也是一种真理。"陀思妥耶夫斯基的话更为精警。人性的丰满和繁复都在这黑暗中，最深的同情、最大的悲悯和最宝贵的坚持也都在这黑暗中——约翰·布莱姆布雷特在黑暗中创造出一种非常神奇的绘画方法，用手在画布上触摸，从而感觉颜料的分布；阿炳在黑暗中怀抱二胡，让"一根弦与另一根弦相依为命"；荷马在黑暗中驾着史诗的烈马长途奔袭；博尔赫斯在黑暗中建起一座诗意无限的"精神图书馆"；弥尔顿在黑暗里走进亚当与夏娃的花园；乔伊斯在黑暗中看到了最清晰的生命本质……

一只蝉在地下待的时间，最少3年，最多17年！是不是不可思议？但那就是它真实的生命写照。黑暗是厚厚的睡衣，蛹们穿着，在梦里已经开始轻轻地抖动身躯。

一只穿山甲，与泥土为伴，藏在石块下，或者腐烂的落叶间，它在挖掘黑暗的核，那核里有光明的种子。

我问命运，如果我是那黑暗中的一枚种子，可不可以提前醒来？因为我已经迫不及待地，向着光，即刻出发。

沉默的海绵

我愿意做一个沉默的人,沉溺于自己的内心,寻找不一样的光亮。

王小波说,我选择沉默的主要原因之一是,从话语中,你很少能学到人性,从沉默中却能。假如还想学得更多,那就要继续一声不吭。

很多时候,人沉默不是因为不善言辞,而是不愿言辞,他们其实洞悉着一切。沉默的人像海绵,吸纳光,吸纳暖,吸纳别人的悲欢,某一天,那些光就会变成美好的文字,那些暖就会变成跃动的音符。

张晓风曾写过一篇文章《在D车厢》,写她和家人一起去英国玩,他们乘坐的火车的车厢中有一个特别的D车厢,是个很安静的车厢,不许说话,不许制造噪音,非得说话时可以传纸条。我心想，真是太好了，我可以想任何事情，写任何东西，一点都不吵。车厢里的每个人都有绝对的自我，绝对的安静。

这种设计很是令人称道！旅客买的是座位，但很可能他也希望同时买到属于这位子的宁静，做人很难一天到晚都不言语，但在坐火车的这段时间，可以选择片刻安静是很好的。

车厢里，人们或埋头读书，或闭目思考，或托腮望着窗外，每一个人都是一块沉默的海绵，吸纳着宁静世界里的光。

"冰山在海里移动很是庄严宏伟，这是因为它只有八分之一露在水面上。"这是海明威的"冰山理论"。冰山漂浮在海面上的时候，我们只能看到它露出水面的一小部分，可是在水下，却潜藏着巨大的山体。海明威以此比喻写作：作家有八分之七的思想感情是蕴藏在文字背后的，真正通过笔端表现出来的，只有八分之一。如果作家能够处理好这一点，读者就能强烈地感受到这八分之一背后的沉默的力量。

在生命的天空下，沉默的、伟岸的冰川，正在缓缓移动。

从上帝的视角看，我们几乎是一样的，像工厂的流水线一样，千篇一律。你看，这多么需要与众不同的灵魂。多少人，身体露在阳光下，灵魂却被关押在黑屋子里。所以，每个人都应该去追寻自己的黄金时代，发光散热，而不是趋炎附势，从而迷失自己。一种动物总想着吓唬别人，于是就长成了蟾蜍，长成了蜥蜴；另一种动物总想着取悦别人，便长成了孔雀，长成了百灵。有一天，我发现我真的喜欢上了静默，就算与山风为邻、雨露为伴，我竟能冥想山风的清，舔舐雨露的净。真的走近了霓虹转舞的道场，我亦能不言不语地道破欢喜。

生命时而奔放，时而缠绵；时而眼波间物欲横流，时而心湖上一叶惊秋；时而痛不欲生，时而歌舞升平；时而愤世嫉俗，时而刻意伪装……理想重，所以千折百回；爱情重，所以焚心痴狂；事业重，所以忍气吞声；亲情重，所以省吃俭用；友情重，所以顾此失彼。因为重而担当，因为担当而享有，因为享有而丰富，这是一个人对自己内心最大的开发。承受那些重，接受那些苦，忍耐那些痛，只为了生命的花园里，要开出不同寻常的花。

人过中年，似乎已没有了力气去为某件事热烈地争辩，不再有什么事值得去逞一时的口舌之快，终懂得了云淡风轻的好，亦懂得了在喧嚣中独善其身，去做一个沉默的人。沉默的人，心中必然藏着深深的一片海。

第六辑

蜗牛爬在去年的脚印里

飞过宴会厅的麻雀

　　人过中年，越来越不喜动，喜欢就那么坐着，一边思考，一边打盹。比如此刻，我静坐在那里，一动不动。其实，我正在骑一匹马，向着我梦里的光的城堡，疾驰飞奔。

　　当你睡下，光就不存在了吗？错，光一直在，只是你没有去看它罢了。况且还有梦，那里有更多的光涌出来。

　　我梦见一面墙，长出很多舌头，贪婪地吸吮着附在上面的阳光，但它再贪婪，也没有办法把阳光全部都吸干。阳光生生不息，隔着一个夜晚，必将再次重来。

　　我梦见一棵树，投下巨大的树荫。而那些浓荫，正在被无数搬家的蚂蚁合力搬走。看，它们需要阳光的时候，会迸发出多么强大的力量！

而我们呢？多少人喜欢活在壳里，这样就不再受伤害了吗？恰恰相反，伤害你的是你自己——你若是哀伤的蛋，就只能孵出忧郁的小鸟。

　　多少人，被黑暗涂抹着，面目全非。其实，只要我们肯去内心再挖掘一毫米，总会找到一点磷，把生活擦亮。

　　再漆黑的老屋，也会被白花花的日光叫醒。可是，如果那窗子久久不开，而且挡着厚厚的窗帘，那么，阳光也无能为力。这就需要你去做一个晴朗的人。勤奋工作，努力爱人。一个晴朗的人，不是说他的心头没有乌云，也不是说他没有暴怒的闪电雷霆，而是说，他活得通透，懂得爱与取舍。一个晴朗的人，不论阴天雨天，内心的枝条都能长出几片追逐阳光的叶子。

　　甘心平凡，但不甘心黯淡无光。即便自己不发光，有光的时候，要懂得承接、积聚和扩散。你可以不具备制造光亮的能力，但请务必保有一颗接纳光亮的心。如此，便也是晴朗的人。

　　纳博科夫说："摇篮在深渊上方摇着，而常识告诉我们，我们的生存只不过是两个永恒的黑暗之间瞬息即逝的一线光明。"比起纳博科夫，圣彼得的说法更明朗些："人生就像一只飞过宴会厅的麻雀，从黑暗中来，又没入黑暗，其间只有光明的一刻，而那一刻的光明，就是我们必须抓住的。"认真生活，在活着的光阴里，找到被人生偷藏起来的糖果，以及那一束有甜味的光。这人生啊，顺流而下和逆流而上，都可以活得很精彩。竭力对抗过严冬的双手，才能捧起春天最美的花朵。

每个人都有属于自己的精神小镇，在那里，我们可以设置自己喜欢的东西，比如风车，比如玫瑰园，比如图书馆，以及图书馆的巨幕上，一定要投放纳博科夫对俄罗斯文学那一段形象的论述——他当着学生的面，把教室里所有的窗帘都拉上，屋子里漆黑一片。他打开一盏台灯，微弱的光线射在讲台上，他说这是陀思妥耶夫斯基；他接着打开屋里所有的日光灯，他说这是普希金；最后，他拉开所有的窗帘，阳光灌满了屋子，他说，这是列夫·托尔斯泰。

皆为照亮，台灯、日光灯和阳光，对比鲜明。这当然是为了表明托尔斯泰的伟大，但我更愿意相信这是对托尔斯泰作品普世价值和救世意义的阐释，托尔斯泰的"照亮"，与鲁迅的"唤醒"，殊途同归。

我想，真正的写作者，应该是一直在寻找打开自己的那把钥匙。然后从善中提取恶，把它掐灭；从恶中提取善，将其点亮。

也应该是这样的——陌生人过得好，他的痛就减少了十分之七。引导读者认真生活，抓住生活里那些亮色，并将它们发扬光大。

怀有晴朗之心，面对着纳博科夫以及尼采口中的深渊，甚至都不必惶惑。在我看来，那不过是弯曲过多的向下的曲线而已。只要有光的穿针引线，深渊亦可通向世外桃源。

一　端

　　两个竞争对手去参加一次竞标会议，路遇泥石流，一个人很幸运地在石头滚落之前把车子开了过去。另一个人仅仅相差几秒钟，就被石头挡住了去路，车子开不过去，只好调头，试着去走另外的路。很不幸，在他下车查看路况的时候，被一块不大不小的石头砸伤了一根脚指头。他实在不想放弃这次招标，就一瘸一拐地继续赶路，他不能回头。意外总喜欢盯着弱小的人，他遇见了一只同样在泥石流中受伤的野兽，这时候他近乎绝望了，闭起眼睛等着野兽的撕咬。可是他似乎听见了妻儿的呼叫，于是抓住一块石头，猛地朝野兽扔了过去，野兽被他突然的表现吓住，扭头跑掉了。他再次爬起来继续向前。之后的路，他依然遇到了无数次险情。等他终于想尽方法赶到目的地的时候，竞标早已结束，他的竞争对手如愿以偿中了标。

打这以后的日子里，竞争对手的事业如日中天，成了人们眼中的英雄，因为他的企业给了成千上万人饭碗。所有人都看到了他的风光，却没有人看到另一个人在另一条路上的奔波。

如果命运施舍给了一些人好运，那么，也会泼给另一些人不幸。世间的运气是有固定基数的，你得到了多少，就意味着别人丢掉了多少。

你的一端，往往是用别人的另一端换来的。

契诃夫的小说《大学生》中有个场景，一对都是寡妇的母女，在寒冷中围着一堆野火，听了大学生讲的彼得和差役在耶稣受难那一夜也围着烤火的故事，顿时泪流满面。因此契诃夫在那篇小说中说，这两堆火是有联系的，这端动一动，那端也要动一动。这边寒冷，那边也一定会寒冷。

这相隔千年的两堆火，竟然也有着联系。这就是文学的魅力。

由此，我有理由相信，世界的这一端有人寒冷着，另一端也会有人瑟瑟发抖；这一端有人伤心，另一端也会有人默默哭泣。

在一座坟墓旁，我看到一盏马灯，微弱地亮着，仿佛一颗心脏，在空旷的野地里跳动。就是这样一盏小小的马灯，照亮了人间的一端和另一端。

欧·亨利曾经写过一个叫钱德勒的青年建筑师，他从每周的收入里留下一美元，10个星期后他用这笔累积下来的资金购买一个绅士排场的夜晚，过一天奢侈的日子。钱德勒拿着它出入高档场所，变成一个富家子弟和总经理的样子，但也不是冒充。冒充是不配，钱是自己赚的。他扮成一个有钱人，却没有忘本，看到需要帮助的人会伸出一双温暖的手，善良的本性没有丢。出门前，他在自己陋室里熨烫晚礼服，一只熨斗拿在手里，使劲地来回推动，以便压出一道合意的褶子——通向美好是自己创造的。这一晚可以过得信心满满，理直气壮，点一顿经过仔细斟酌的饭菜，拿一瓶美酒，适当的小账，一支雪茄，车费，以及一般杂费，从从容容，潇潇洒洒。

这一天惬意的向往的生活，是他的一端，也仅仅是一端而已。

晾在衣绳上的衣物轻轻晃动，和风没有半点关系，因为没有一丝风，我在阳台上吐出的烟，笔直而上。是两只麻雀，一只在这端，另一只在那端，它们把晾衣绳当成了电话线，没人打扰，它们会一直煲电话粥，当然，还可以解释为——它们在拨弄生活的弦。

这种人与自然和谐共处的场景，是人间美好的一部分。

我却再一次想到了那座坟墓。人死了，坟还醒着。这提醒着我们，一个人不论生死，都不会占多大地方，一端而已。为了这一端，何必马不停蹄地奔忙！

梦想的尾巴

电影《波西米亚狂想曲》中有句台词："只有我能定义我自己，我要做我生来就该成为的人。"追逐梦想是每个人的权利，就像蝴蝶追逐花香，风筝追逐云朵。命运的罡风可以阻挡一个人抵达终点，却无法阻挡一个人扇动追逐的羽翼。不幸的是，并非所有人都能把梦想坚持到底，更多的人选择了中途放弃。

梦想诞生于头颅，抵达却始于脚下。当你梦想着去做某些事，却总是由于各种原因而无法去做，那就如同空想，命运不会为空想主义者准备盛宴。

丢掉的梦想还能找得回来吗？比如，我年轻的时候那么喜欢弹古筝，如今，我便让女儿去学，刚刚五岁，就给她请了个音乐老师教她弹琴。这不就是在圆我自己的梦吗？还好，女儿并不排斥，反而很喜欢，皆大欢喜！

有一天，我突发奇想，为什么不能像一只壁虎那样，把自己当初断掉的梦想之尾接续上呢？我就问女儿的音乐老师，教不教成人？她说不教，但是可以参与互动。我就试了试，凭借最初的那点音乐基础，弹了一小段，没想到竟然得到了老师的称赞。她说我的乐感很好，指法也没丢，这么多年没有忘记真是难得。我惭愧得很，心想，这不过是她的礼节性安慰吧。即便如此，心里也是乐于接受的。

这世上，能有多少人坚持一个梦想至死不渝？要么是为了前程改弦更张被生活招安，要么是为了名利背道而驰向命运举起白旗，但无论如何，梦想的光尽管微弱，终归照亮过你，这就足够了。

有这样一对父子，父亲省吃俭用供儿子读书，读完本科，又考了研究生，然后，儿子对父亲说："该念的书我都念完了，现在，我要去实现自己的梦想了。"最后，儿子成了一名厨子。

本以为父亲会为此郁闷，没想到他却乐观地认为，儿子学了那么多，结果最后依然选择做一名厨师，这就证明了，那便是他的梦想。

女儿6岁时，家人围着她，问她的梦想是什么。女儿说:"我想当医生。"

外婆说:"医生好,社会地位高。"奶奶说:"待遇也不错。"爷爷说:"除了工资还有其他的收入呢。"外公说:"找对象也方便。"

女儿疑惑地看着他们,说:"不是说,医生可以治病救人吗?"

是谁,摆动了梦想的尾巴,使其偏离了中心?

放弃了梦想的人,还有回头的机会吗?我想是的。比如,不断有临近退休的人来和我咨询写作班的事情,大多数人想来写作班的目的都是一样的——为了圆一下年轻时候的文学梦想。男人忙着养家糊口,女子囿于厨房与孩子,等到想起自己曾经的梦想时,已过半百。但他们依然选择把梦想捡起来,只为了给心灵的那个缺口补一块小小的补丁。

有时候,梦想就像母亲挂在我们身上的桃木小剑,一边护佑着我们走正途,一边催促着我们去追逐。

最近,被网上的一段视频破防了。一位73岁农民父亲酒后弹起了钢琴。视频中,白发老爷爷着装朴素站在钢琴前,脸上因为微醺已经浮现出淡淡的红色,左手插着裤兜,右手在黑白琴键上随意按动,一小段熟悉的旋律传来,是《爱的奉献》。那双握锄头几十年的手已经布满了茧子，但流出的旋律却充满了温暖。在很多人的潜意识里，尤其是农村，都认为上一辈和钢琴之间几乎是风马牛不相及，甚至是自己的亲儿子，都不敢相信这个事实。他说："父亲一辈子在老家种地，如今已经73岁了，之前从没有接触过钢琴，没想到会弹钢琴。"

梦想不会消失，它只是暂时败给了柴米油盐，只要一个契机，它就会重新萌芽，如同壁虎的尾巴，断后重生。

于我而言，哪来的那么遥远的梦想，最曼妙的人生，不过就是照着自己的心意去活罢了。此刻，我只关心眼前的人和事。把身边的人护周全，把当下的事做明白，就是我的梦想。我是一个没有任何抱负的男人，就是有些人口中所说的"窝囊废"，但如果一定要我说出一个梦想的话，那就是我希望能给我的家人带来幸福。不知道，这算不算我卑微的人生梦想里，一小截可爱的尾巴？

鹤离鸡群

外甥鸿瀚是个很优秀的年轻人,在微信里和我聊起近期以来的一些郁闷的事。

他毕业后不久便入职一家公司,最开始的时候,与他一起入职的同事彼此相处得很好,因为都是新人,都想要好的人际关系,所以都愿意友好对待他人。每一次开会的时候,鸿瀚都积极发言,在工作的过程中,认真敬业,做出的策划内容时不时受到领导夸赞。他多才多艺,领导觉得他颜值和谈吐都不错,便决定让他在年会的时候担任主持人。鸿瀚主持得很圆满,不久之后,就被领导推荐升职了。但是,自从鸿瀚年会做主持人并升职之后,那几个新同事就时不时给他下绊子。不是在他准备见客户的时候,"不小心"把滚烫的咖啡洒在他白色衬衣上,就是在他即将做完策划方案时,突然"误拔"了电源,还有人开始传言他品行不佳,并爆出各种"黑料",甚至升级为人身攻击的层面。鸿瀚很纳闷,明明没有得罪和他一起入职的小伙伴,而且还时常热心地帮他们的忙,请他们吃东西,他们为什么要这么对自己呢?

面对鸿瀚的疑惑,我把自己的经历讲给他——经过这些年的不懈努力,总算写出了一点名堂,算是小有名气吧。可是在本地所谓的文化圈子里,却鲜有真心鼓掌的,要么是嫌我风头太盛而心生嫉妒,要么是恶语诅咒我阴沟里翻船,还有一些人极尽诋毁之能事,到处散播一些腌臜的谣言……这就是人性。如果去与他们理论,那就错了。当你站在错误的人群里,自己的价值也就消失不见了。罗素说:"乞丐并不会妒忌百万富翁,但是他肯定会妒忌收入更高的乞丐。"所以,我给他的建议是——别想着鹤立鸡群,而是果敢地离开那群鸡。

抖音里有一个小视频,说一个女同学的妈妈身价上亿,在她18岁成人礼的时候,妈妈送给她一块祖传的手表,然后让她拿到修表店问问可以卖多少钱。修表店的人说这表太旧了,只出30块。妈妈又让她去转角的咖啡厅问问。咖啡厅老板说表盘很精致,想做装饰,可以出300块。妈妈又让她去古董行问问。她开心地告诉妈妈,古董行的人说给23万，而且还可以再商量。妈妈很淡定，说那你拿去博物馆再问一下。她回来后惊喜地告诉妈妈，馆长说可以出260万购买这块表。妈妈若有所思地说："我只想让你知道，人和这块表是一样的，只有把自己放在对的地方，和对的人相处，才能产生真正的价值。如果把自己放在错误的位置和环境中，即使你再有价值，也是一文不值。"

古时有一座名山，山上尽是玉石，玉很珍贵，世人难以找到。可是当地人从来都是把它们当成普通的石头，因为没有用，总是拿来赶喜鹊。却不知道他们眼前的石头就是贵重的玉石，只要弯下腰，就能捡到一块玉。怀才不遇者，除了伯乐稀缺之外，更多的原因则是被埋没得太深。一块玉，如果常年混迹于一堆乱石之中，也会慢慢褪去光芒。

两千五百多年前，一个叫泰勒斯的古希腊男子，只顾抬头仰望星空观看星象，无暇顾及脚下的路，一脚踩空掉进了路边的井里。借此，柏拉图嘲笑那些不切实际的哲学家，只顾关注头顶遥远的星空，却对脚下近在咫尺的事情一无所知。

这个故事还有后续，是柏拉图的学生亚里士多德讲的。据说，泰勒斯为了回击那些嘲笑，通过观察天体，预

第六辑　蜗牛爬在去年的脚印里　| 259

见近期气候不宜橄榄生长,但不会持续太长时间。于是,他筹钱租下当地所有的榨油机,然后在橄榄丰收的季节,再高价租出去,从中获利颇丰。"赚钱对哲学家来说很容易,但他们兴趣不在此。"泰勒斯认为,"自己有更有意义的事情需要去做。"

哲学家的兴趣又岂是那些世俗之人能够体会得到的呢!

是鹤,就果敢地离开那群鸡。

蜗牛爬在去年的脚印里

蜗牛很慢,好像爬在去年的脚印里。

蜗牛很慢,可是并不影响它的快乐。它是个贪婪的家伙,遇见美景,就忘我地看上一阵,用触角在空气中写几行诗,以表达自己的赞美。

很慢,这有什么不好吗?熬过一个冬天,春天的第一朵小花开了;母亲十月怀胎,一朝分娩;十年寒窗苦读,终换来榜上得名;黑暗中的蛹,默默等待破茧成蝶……慢一点,挺好。

我想到自己的青春时光,有一次,与恋人发生争执,想到了分手,就写了信,给她寄过去。过了两天,我后悔了,急忙坐火车去看她。信还在路上,蜗牛一样传递着,我却已经先来到她身边。看吧,慢,拯救了一场爱情。

那时候卖劲地写信，痴痴地等信，都是很美的一件事情。我们懂得哪种叠信纸的方法代表思念、心心相印或暗恋。写信和等信是复杂的情绪，也是充满想象力的行为，绝不是鼠标和键盘所能完成的。

诗人周公度说："秋天很美，很美。旅途有一点儿，旧信封才知道的疲惫。"旧信封的疲惫，只有云知道。我感受到的，只有旧信封的美。

看过一个故事，有一个人在上帝的安排下，牵着一只蜗牛去散步，蜗牛慢吞吞地爬行，这让他心烦意乱，焦躁不安。他因此心生厌烦，一路上不停地数落着蜗牛。但走着走着，他竟然忘了心中的不快，更忘了开始时对蜗牛的抱怨。当他心里彻底安静下来的时候，闻到了沁人心脾的花香，听到了久违的虫鸣鸟叫，看见了满天灿烂的星河。这时他顿然醒悟，原来上帝不是让他牵着蜗牛去散步，而是安排蜗牛牵着他去看人世间最美的风景。

今日的旅游，多以目的地为主，忽略了旅途与过程，实在是一大憾事。其实，过程更美。可惜很多人视而不见。要么歪在车上打瞌睡、听歌曲、看视频，要么发发呆，看两眼窗外呼啸而过的树。

到了目的地，也只是以拍照的方式，证明你来过此处，与"张三到此一游"并无二致。

真正的旅游反而是没有目的地的，没有目的，一颗心才能在蓝天上自由荡漾，才能在水云间自由穿梭。

最美的旅游，是牧心。比如此刻，我在旅途中慢慢地走，用深沉的衣服收集雨水，用欢快的帽子储藏阳光。

席慕蓉在观察水缸里的荷叶时发现，要出水面到某一个高度才肯打开的叶子才能多吸收阳光，才是好叶子。那些在很小的时候就打开的叶子，实在令人心疼。颜色原来是嫩绿的，但是在低矮的角落得不到阳光，终于逐渐变得苍黄。细细弱弱的根株和叶片，与另外那些长得高大健壮粗厚肥润的叶子相较，像是侏儒，又像是浮萍，甚至还不如浮萍的青翠。席慕蓉领悟到，太早的炫耀、太急切的追求，虽然可以在眼前给我们一种陶醉的幻境，但是，没有根柢的陶醉毕竟也只能是短促的幻境而已。

慢下来，是对匆匆流逝的美和爱的一种敬礼，也是一种拯救。我用一下午的时间，等待着寒山寺的晚钟；我整夜坐在门前，等待夜来香的开放；我把母亲的唠叨，以0.2倍的速度在脑海中一遍遍回放。

有牧云者，用诗意的仰望，放牧云朵。有牧雨人，用童真的手指，指点江山。指向哪里，雨便下到哪里。万物葱茏，山河璀璨。更有牧心的人，随心所欲，顺其自然，缓慢地生活、思考。胸无城府，却又藏着千山万壑。

一颗心在谷底嗅着花香

在一次聚会上，识得一位朋友。此君为人木讷，整场几乎没怎么与人交流。可是聚会临近结束的时候，他来了一句，聚会是灵魂的相互吸引，有趣的就多凑凑，无趣的就早谢幕。如果下次聚会我还来，我就是有趣的那一种。

后来从他人的口中，略微知道了他的一些事情，为人憨厚淳良，生活并不如意，爱写诗，挣不来大钱，一家人跟着勉强过活。从世俗的角度来看，他无疑是失败的。但他似乎并不以此为耻，家人也都淡然，安顺日子过得去就好，并不求什么大富大贵。他看似木讷，可是每次聚会吃饭，总是会冷不丁说出一句话，要么冷幽默，逗得人们大笑，要么惊艳语，令人醍醐灌顶。

这是属于大智若愚的那种人。打那以后，我对此君刮目相看。

哥哥身上也贴着"失败者"的标签，年轻时候在工厂里做销售，业务水平很高，本来可以有个大好前程的，奈何性格耿直，不会曲意逢迎，得罪了领导，被领导挑个错处给弄到车间当底层工人。之后一蹶不振，直到爱上一个农村女孩，放弃了城里的工作，跟着女孩去了农村放羊，一放就是半辈子。他像个阅兵的将军，跑到羊群前面，大声喊了句"同志们好"，羊群当然不会喊出"首长好"，可是他乐此不疲，接着来了句"同志们辛苦了"，羊们继续吃草，并没有抬头理会他。他心满意足，看着他的羊们个个膘肥体壮，心里美滋滋的，藏不住的喜悦就爬到眼角和嘴边了。

看似跌落谷底，实则是，一颗心在那里嗅着花香。

看吧，一直向低处走的人，也有可能走出自己的高度。

作家阿城说过，好文章不必好句子连着好句子一路下去，要有傻句子、似乎不通的句子，之后而来的好句子才似乎不费力气，就好得不得了。人生就是这样，并非做的每一件事都有结果，很多都是徒劳无功的。但就是这一件件徒劳无功的事组成了整个人生，直到有一天，你觉得一颗心无比妥帖，那便是你功德圆满之时。

诗人毛子在一首诗中写一个拍纪录片的朋友，去了一趟西藏，结果在那里待了两个月，最后却两手空空回来。问其原因，他说始终没有打开镜头，他认为哪怕打开一点点，都是一种冒犯和不敬。诗人感谢"这些胆小的人，持斋戒的人"，因为他们"保留着一颗失败之心"。

给女儿买了她最爱的朱古力，她计划一天吃一块，可是，她小小的计划失败了，到底还是没能忍住巧克力味道的诱惑，偷偷地又吃了一块。

母亲下了三次狠心，还是没杀成一只鸡，且让它们继续活着吧。

下了三次网，还是故意留个漏洞，让那些滑溜溜的小家伙逃之夭夭。

这些小小的失败之心，多么可爱。

一只鸟，没有因为一次飞翔失败，就舍弃翅膀。

跷跷板的两端总是不分输赢，就看哪一方多放了什么样的砝码。当我放下忧思与怀念，顿时沉重起来，我赢的是一场游戏，输的却是人生；当我放下快乐与慈悲，顿时更加轻盈，我输给了对面，却落得一身轻松。

没有缺点的生命是不真实的，只有假的事物，才趋于完美。就像完美的话语总有失实的嫌疑，带一点点的口吃，或者偶尔一两个字平翘舌不分，反而生动得多。

有人说我蠢，蠢有那么可怕吗？水母没有脑子，不是也活了6.5亿年吗？

当你一次次地寻而未果，难免会心灰意冷。但请务必相信，这一切都是命里注定的轨迹。想开了，便好。一颗心即使在谷底，也要轻轻嗅着花香。人间事，人间了，何烦老天跟着悲寂寥。

阅 美

有美可阅，福气不浅。感性的林徽因遇到理性的梁思成，便成就了一段佳话。林徽因写诗的时候习惯点上一炷香，摆一瓶插花，穿一袭白绸睡袍，庭中一池荷花，清风飘飘，她或坐或站，低头沉思。样子甚是惊艳，估计是个男人见了都得晕倒。梁思成却说，他就没晕倒，害得林徽因气咻咻地嗔怪梁思成不会欣赏她，说他太理智了。

有美当前，作为"理工男"的梁思成未免太不懂情调了。但你若是凭此就说梁思成不懂浪漫，就大错特错了。梁思成的浪漫独属于林徽因一个人。林徽因24岁生日前一天晚上，梁思成将一面外形古朴而奇特的镜子送给她，并轻轻地在她耳畔说了声："生日快乐！"这时，林徽因才想起明天6月10日是自己的生日。

当林徽因满脸幸福地欣赏这面镜子时,才发现除了镜面镶嵌着一面圆圆的现代玻璃外,背面还镶刻着敦煌莫高窟特有的仙女飞天图案,图案四周环以卷叶花草纹饰,纹饰的下方铸有"徽因自鉴之用　思成自镌并铸喻其晶莹不玦也"等字。字迹均匀而清晰,一看便知是出自梁思成之手。后来林徽因才得知,这面镜子是梁思成用差不多一周的业余时间,亲自铸造、雕刻、打磨而成的,还进行了精妙逼真的仿古处理。

梁思成理智沉稳,但不乏幽默风趣。在李庄时,物价飞涨到家里已揭不开锅了,一家子不得不靠典当维持生计。梁思成开玩笑说:"把这只表'红烧'了吧!这件衣服可以'清炖'吗?"逗得病中的妻子开怀大笑。梁思成就是这样在日常生活的点滴中疼爱着娇妻。为了让患病的妻子吃得好些,补充营养,他学会了蒸馒头、煮饭、烧菜、腌制泡菜、用橘皮做果酱。他还学会了静脉注射,自己给林徽因打针,成了妻子的"特别护士"。

诸如此类的琐事还有很多。就是这样一个梁思成,你还会说他不浪漫吗?对于林徽因这样艺术品一般曼妙的人,他是用心在赏阅,不仅仅是取悦于她,更多的是懂得与呵护。

有一次出差,坐卧铺,带了牙刷却忘记了带牙膏,我每天临睡前都有洗漱的习惯，不刷牙的话连觉都睡不安稳，只好去洗漱间碰碰运气，看看有没有刷牙的人借一点儿。果然，有几个人在洗漱，但都是女子，她们洗个脸真复杂，出门在外，也不肯因陋就简，瓶瓶罐罐一大堆，涂在脸上，再反复冲洗，像舞台的小型化妆室。她们背对我，忙碌着。好不容易等到一位女子转过身来，我说明意图。她不对我说话，只是从化妆包里翻出牙膏。我把牙刷伸过去，她却把牙膏挤在手指上，只有一点点。小气的女人，真让人不痛快。她把挤下的牙膏涂抹在盥洗盆里，又挤出大条的牙膏给我。原来如此！我以小人之心度君子之腹了，她的细心周到和善意比我高尚。她修长的手指涂抹水池的动作十分优雅。那是我见过的最美丽的女子，一举一动，犹如一本装帧精致的书。如此近距离地阅读她，有如惊鸿一瞥。

　　阅美，是只可欣赏、赞叹而不可亵玩的。

白鸽不会去亲吻乌鸦

　　从小喜爱音乐的萨里埃利，幸运地逃脱了家族事业的束缚，到了音乐之都维也纳追寻他的音乐伊甸园。最后，他如愿以偿地当上了宫廷乐师。一切都那么顺心如意，世界似乎那么美好。直到有一天，一个叫莫扎特的年轻人的出现，打破了他平静的生活。年少的莫扎特那么轻狂，但是他的音乐，却永远带着孩子般的天真无邪，让人一入耳就难以拒绝。开始，萨里埃利以为莫扎特只是因为勤奋用功才得到如此成就的。可是当他看到莫扎特的手稿上一点儿涂改的痕迹都没有，浑然天成得简直就像直接从头脑中誊写下来一般时，他愤怒了，质问"音乐之神"："为什么我那么依赖你，你却选择了他作为你的乐师？而我，只有肉体而已。我要向他开战，我要尽我所能，毁灭他的天才！"从此，拉开了一个变态的因嫉妒而变形的心灵和一个天才之间的斗争。这是电影《莫扎特传》的剧情，这个心灵扭曲的萨里埃利，比莫扎特更像主角，他处心积虑地设置一个个陷阱，让天真的莫扎特一步步陷进去，直到生命终止。

"诺亚方舟"经历洪水后，诺亚放出了方舟上的两只鸟，一只鸽子，一只乌鸦，希望它们能传回世界变化后的消息。乌鸦飞出去了，看到大水里的动物的尸体，于是就去吃尸体了。鸽子在三天后飞了回来，带回来了新长成的橄榄枝，告诉诺亚已经出现了陆地。于是，众人认为乌鸦吃了尸体，是不洁的鸟，而鸽子带回来橄榄枝，所以是洁净的鸟。

洁净高尚的白鸽是不会与不洁的乌鸦相提并论的，白鸽是不会去示好乌鸦的。而在我的认知里，我愿意把小人比喻为乌鸦，因为他们不光自己黑，还喜欢黑别人。

雨果有一篇文章《塔列朗》，说的是塔列朗去世后，医生赶到他家，把他的尸体做成木乃伊，把大脑留在桌上。医生走后，塔列朗的仆人走进来，看到桌上的大脑，想了想，把它扔进了阴沟里。仆人离伟人太近，反而看不到伟人的伟大，只看到伟人也跟常人一样吃喝拉撒。常人每每有一种"贵远贱近"的倾向。所谓"外来的和尚好念经"，近在身边的贤人却看不到，不懂得敬重。颜之推说得好："世人多蔽，贵耳贱目，重遥轻近。少长周旋，如有贤哲，每相狎侮，不加礼敬。他乡异县，微藉风声，延颈企踵，甚于饥渴。校其长短，核其精粗，或彼不能如此矣。所以鲁人谓孔子为东家丘。"我们周围的人，尤其是那些很熟稔的朋友，有些人学问很好、才干很高，或是品德很高尚，但因为我们跟他们太熟了，常常会忽略掉这些，又因为是一起长大的，往往不甘心承认人家比自己高明很多。于是，逮到有一点儿不利于人家的谣言，便跟着添油加醋，或者泼一盆脏水，不经意间就做了一次小人。

"近君子，远小人"，放在今天也依然适用。尽管需要远离小人，但有时候你想躲还躲不开，那就需要巧妙地与之"相处"，就像尼采说的那样，在世人中间不愿渴死的人，必须学会从一切杯子里痛饮，在世人中间要保持清洁的人，必须懂得用脏水也可以洗身。所以，在你走向成功的路上，小人的刺激也是一块不可多得的垫脚石。

最巧妙的"相处"，便是我们像鸽子那样保持我们的纯洁，只要我们一如既往地白，闪着光地白，那灰烬般的乌鸦就无处遁形，那黑就不能遮盖我们。

不要在秋风里低下头颅

从来没有像这次这样,毅然决绝地走掉,仿佛逃离。我是悄悄走掉的,妻儿还在睡梦中,没有她们的祝福,我把这样的远行叫作流亡。

有人说本命年琐碎,话语间充塞着迷信的味道。但现在我有些相信了。最开始母亲生病,眼睛要做手术,没等母亲手术,父亲又病倒了。岳母一直在与肺癌斗争,妻子也得了咽炎,每天干咳不止。孩子的成绩每况愈下,不思进取。签好的几本书因为种种原因搁浅……这一切就像大山一样压着,让人喘不过气来。

人到中年,多事之秋。从前的那些快乐似乎越来越远,直到变成记忆。每个人走进中年的门槛,都会经历悲伤吧,那些悲伤就像换季的衣服一样,一件接着一件,接踵而至。

第一次感觉到了累,身心俱疲的那种累。或许出去走走,会好些吧。去一个不远也不近的地方,能洗净我的哀伤吗?直到我读到黑塞的一首诗,它先是给了我后退的心一记耳光,然后轻推我的腰身,向着家和阳光的方向。

这首诗是这样的:

> 秋雨纷纷,袭打着叶已落尽的森林
> 晨风中,山谷在寒战中苏醒
> 栗子落地,响声清脆
> 在地面上濡湿、破裂
> 并带着棕色的微笑
> 秋天经常扰乱我的人生
> 秋风吹走破碎树叶
> 摇晃枝丫
> 然而,果实何在?
> 我绽开爱的花,却结出苦涩的果
> 我绽开信任的花,却结出怨恨的果
> 风撕裂我的枯枝
> 我对它展开笑颜
> 因我尚可抵御风雨

我的忧伤和苦楚与黑塞比起来,会是怎样的呢?

赫尔曼·黑塞的一生大部分都处在孤独之中,从青年时期的叛逆,到为战争孤独地呐喊,再到探求从"我"走向"自我"的内部之路,他的孤独更多的是因为他的厌世心理在起作用。直至终老,他的一生很少摆脱过孤独、苦闷的情绪。

受到重创的黑塞,选择了顽强而乐观地活着。他说:"人生苦短,我们却费尽思量,无所不用其极地丑化生命,让生命更为复杂。仅有的好时光,仅有的温暖夏日与夏夜,我们当尽情享受。"

看吧,伤痕累累的黑塞尚且如此,我怎么就在秋风里低下了头颅?

向这样的一颗心致敬!我迫不及待地向着家的方向疾驰,打开车窗,秋意深重,枯黄的叶子纷纷飘进来,我接住,当成蝴蝶去欣赏。太阳隐去,我理解为它正在藏起最后一块黄金,去兑换整个夜晚的白银。

明天的太阳,请允许我继续走在你指引的路上。人生之路是多么漫长,总有背对阳光的时刻,我们,大可不必隐瞒内心的阴影,世界广阔无边,哪怕命运给予我的,是一条窄窄的小道,我也不抱怨,容得下我的双脚即可,我一样可以漫步或者小跑。

  时间会把一切抹平，会把一切擦拭如新。干净的云彩下面走动着数不清的新人。秋风扰乱人生，我依然要对它展开笑颜！若我尚有一丝气力，我将不遗余力地欢畅；若我尚有一分信念，我将奋不顾身地相信和爱。

什么时候喊疼

1939年，年届五旬的阿赫玛托娃因为患有严重的骨膜炎住院治疗。在与朋友闲聊时，她轻描淡写地谈起刚刚结束的手术："大夫为我的忍耐力感到惊讶。我该在什么时候喊疼呢？术前不觉得疼，做手术时因钳子搁在嘴巴里喊不出声，术后——不值得喊。"

阿赫玛托娃是一个高度隐忍的女人，命运将她击得千疮百孔，可是她依然对生命高唱赞歌。她从不轻易喊疼，这反而更让人心疼。这件事验证了阿赫玛托娃的坚强以及无比卓越的抗击打能力，但并不证明她不会释放痛苦。她是智慧的，她不能让疼痛这根刺长在心里，迟早要拔出来，不然会化脓。于是，她找到了一个出口，那就是诗歌。她把她的疼痛揉搓、捣碎，悉数放到诗行里，于是，

"俄罗斯诗歌的月亮"光芒万丈。

刘震云的小说《一句顶一万句》里,灯盏死了之后,老汪的那些举动令我动容。灯盏死时老汪没有伤心,甚至还说:"家里数她淘,烦死了,死了正好。"可是一个月后,当他看到灯盏吃剩下的一块月饼上还有着灯盏的牙印,悲痛便不可抑止了,心像刀剜一样疼。来到淹死灯盏的大水缸前,突然大放悲声。一哭起来没收住,整整哭了三个时辰。

有些苦痛,就像那月饼上的牙印,让人一下子找到"发泄口",泄掉了内心奔涌而至的悲伤的洪水。

女儿每天都会把芭比的脑袋和胳膊卸下来,然后自己重新再装上去,再配以崭新的衣服。她乐此不疲,我猛然觉得,自己又何尝不是命运的芭比,一次次被它肢解得七零八落,然后又一次次地慢慢组装、愈合。疼痛,是其中不可或缺的黏合剂。

清晨,看见一个人从下水道爬上来,另一个人从32楼走下来,他们正好相遇,一个说,下水道堵了;一个说,楼顶有人要自杀。

下水道隔三岔五就堵一次,疏通的人勾出了很多头发丝、烂菜根,还能顺着水管,隐约听到不断的争吵、怨怼。这一地鸡毛,把生活的管道堵得满满的。

许久没有好消息了，这日子，就灰暗下来。房檐下滴雨，门后长青苔。工资额原地踏步，检查身体，三高变四高，状态差，没灵感，写点东西形同便秘……

诗人江一苇说，一个卑贱的人，因为懂得顺从，而得以苟活，得以穿过人世间，最窄的裂缝。人生也需要必要的顺从。所以，不妨很大声地喊一声疼，把生活里所有堵的地方，都疏通一下。

打针叫人害怕的永远是擦拭酒精的那几秒钟，等你疼了想喊的时候，针已经打完了。这就是生活，就算喊疼，也要讲究个技术含量，要瞅准时机的。

罗曼·罗兰说，真正的英雄，是认清了生活的真相，还仍然热爱它。在我看来，生活的真相就是，苦乐纠缠，不死不休。我们的身体上，每一寸都刻着被时光钟爱的甜蜜与悲怆。我们需要歌唱，也可以随时喊疼。

疼痛是命运送给中年人的礼物。不信你试一下，假装这是个不眠之夜，假装有人一边数羊，一边念叨你的名字；假装流星坠落，砸中你的愿望；假装这天地，开了一扇门，允许你的怨恨跑出去；假装大雪封门，你不用上班，安心在屋子里写信，人过中年，收信人只有一个——岁月。假装朋友们没有离散，假装那壶酒还没有喝光，假装酒精膏还没有燃尽，砂锅还冒着热气，杯盘狼藉，没有拾掇，可是莫名地，总是觉得那个时候更干净，也更充满生气……

你在这么多的"假装"后面，有没有喊疼？如果有，告诉我，我陪你一起泪流满面。